가만히 생각해봤는데 말이야

가만히
생각해봤는데
말이야

유지수 산문집

히읏

차례

1장 | 일기의 주인

2장 | 외동 같다는 말

3장 | 시시하고도 구체적인 위로

감정이나 상황을 찬찬히 뜯어보고 그것을 글로 정리하기를 좋아하던 나는, 대단치는 않지만 누군가가 읽어주었으면 하는 글들을 차곡차곡 모으고 있었습니다.

그중에는 사랑에서 오는 시시콜콜한 감정을 담은 글도 있고 생활인으로서의 고민을 담은 궁색한 글도 있습니다. 노래가 된 글들도 있고 노래가 될 글들도 있지요.

어디서도 본 적 없는 대단한 이야기들이 있는 것은 아닙니다. 다만 '가만히 생각해봤는데 말이야,' 하고 운을 떼며 곰곰히 생각해오던 것에 대해 친구에게 이야기하듯, 소소한 나의 생각들을 여기에 풀어놓습니다.

카페에서, 술자리에서, 친구가 툭 이야기를 건넨다고 상상하며 읽어주세요.

있지,
내가 가만히 생각해봤는데 말이야.

2020년 11월을 앞둔 어느 밤
유지수

1장

일기의 주인

중이염

몇 해 전 짧게 만나다 헤어진 사람과 갑작스럽게 다시 대면하게 되었다. 일 문제였다. 가까운 지인의 절친한 친구라서 소식은 간간이 전해 듣고 있었고, 다시 곱씹어 보아도 참 유쾌하고 좋은 사람이라 헤어질 때의 미움보다는 그를 못 보게 되어 아쉬운 마음이 더 큰 참이었다.

워낙 짧게 만났던 터라 그를 보고도 '전 애인'을 마주하는 어색함 같은 것은 느껴지지 않았다. 그저 사람으로서 좋아했던,

좋은 친구를 다시 만날 수 있게 되어 기뻤다. 처음엔 살짝 어색하게 일 이야기를 하다가, 이내 서로 우스운 소리를 던지기 시작했다. 어떻게 지냈어, 그땐 미안했어. 지금은, 연애는 하니? 그런 이야기는 되도록 안하고 싶었다. 우리가 사귀었던 사실을 그냥 모른 척 덮어두고 누구도 들춰내지 않기를 바랐다.

일을 마치고 돌아가는 길에 그가 불쑥, 그땐 미안했다고 말을 건넸다. 암묵적 합의로 이루어진 평화가 깨진 것에 속으로 아쉬워하며 나도 미안했어. 다 지난 일인데 뭐, 따위의 말을 했다. 나는 정말 아무렇지 않았다. 그도 그런 것 같았다. 다시 친구로 지낼 수 있겠다는 생각이 들었다. 얼마 후 둘이서 술자리를 갖게 되었다. 이런저런 이야기를 나누던 중,

"그 영화 봤어?"

라고 하면 그는

"같이 봤잖아."

혹은 무심히 젓가락질을 하며

"그 옷, 되게 오래 입네."

같은 말을 했다.

나는 기억하지 못하는 그와의 시간들, 나의 행동과 모습을 그는 안타까울 만큼 참 많이도 기억하고 있었다. 그가 그런 류의 말을 던질 때면 잠시 멍해졌다. 함께했던 시간을 까맣게 잊어버린 내가 못되게 느껴졌다.

그를 만나던 시기에는 경험을 좀처럼 소화시키지 못했다. 경험이, 감정이, 순간순간이 마음에 스며들지 못하고 물 위의 기름처럼 붕 떠서 빙빙 겉돌던 시기에 만난 사람. 그 역시 어디에도 뿌리내리지 못한 채 내 기억 속을 희미하게 부유하고 있었다.

취기가 조금 올랐을 무렵, 그는 작은 쪽지를 건넸다. 그의 연인이었던, 이제는 낯설어진 내가 쓴 것이었다. 본인은 좀처럼 나를 친구로 대할 수 없다며, 자신이 다시 나를 사랑하게 되기 전에 가져가라고 했다. 기분이 이상했다. 무엇이 슬펐는지 눈물이 날 것도 같았다. 추억도 없이 겉돌며 살아온 내가 불쌍했고, 그런 나를 이토록 마음에 품어준 사람이 있었다는 사실에 가슴이 아팠다. 쪽지를 돌려받은 후로는 자꾸만 울음이 목구멍에서 기다리고 있는 듯해서 별다른 말을 나누지 못하고 헤어졌다.

집으로 돌아와서는 멍하니 있다가 긴 잠을 잤다. 자고 일어나니 귀가 이상했다. 수영을 하고서 귀에 물이 들어갔을 때처럼 한쪽 귀가 먹먹했다. 아무리 생각해봐도 귀에 물이 들어갈

만한 일을 하진 않았고, 털어도 털어도 물이 나오지도 않았다. 병원에 가자 중이염이라고 했다. 내시경 사진을 보니 고막과 연결된 부위가 빨갛게 부어올라 있었다.

약을 지어 돌아오며 어제 들은 이야기를 하나하나 곱씹어보았다. 무슨 이야기를 들었기에 나의 귀는 붉게 앓고 있는 것일까. 어떤 말들이 화살이 되었던 것일까. 휴대전화에 남겨진 그의 실없는 문자에는 답장을 하지 않기로 했다. 다시 친구로 지내는 것은 나만의 욕심이었으니. 붉게 부은 귀 언저리를 만지작거리며, 왜 나를 사랑해주는 사람들을 늘 놓치고야 마는 것인지 안타까워하며, 마음이 같은 시기에 통하는 것은 축복에 가깝다는 생각을 하며, 또 한 번 이별한 듯한 통증을 안고 홀로 돌아갔다.

흔적

우연히 봐버린 네 옛 연인의 편지.

넌 모를 테지만, 너는 참 많은 사랑을 받았구나.

붕어빵

짧은 미팅을 마치고 식사를 하는데, 상대가 음식 사진을 찍기 시작했다. 무언가를 먹을 때 꼭 애인에게 이렇게 보고를 한다며. 나도 연애할 때는 저랬는데, 태연하면서도 헛헛한 웃음을 지으면서 수저를 들었다.

돌아가는 길에는 붕어빵 트럭이 있었다. 목을 내놓고 다닐 수 없을 만큼 날이 추워지면 곳곳에서 붕어빵 냄새가 솔솔 풍겨오기 시작한다. 아. 언니 생각이 났다. 언니랑 나, 붕어빵 참 좋아했는데. 겨울이 아니더라도 붕어빵을 좀 팔았으면, 하고 아쉬워할 만큼. 게다가 붕어빵 트럭마다 분명히 퀄리티 차이가 있어서, 우리는 조금 돌아가더라도 가장 맛있는 가게에 들르곤 했다. 천 원짜리 한 장을 건네고 따끈한 붕어빵을 받아들어 바삭, 한 입 베어 물면 달콤하게 입안에 밀려오는 단팥의 맛. 그 순간의 감정은 분명히 행복이었다.

'붕어빵의 계절이 돌아왔네.'

가격이 훌쩍 오른 붕어빵 한 봉지를 사며 언니에게 문자를 보냈다. 언니랑 같이 붕어빵을 사 먹던 어린 시절이 떠올라 괜히 입꼬리가 올라갔다. 애인이 아니더라도 나의 순간을 공유할 수 있는 존재가 있어서 외롭지 않다고 생각했다.

가을비 단상

그 가을날의 비는 대단했다.

가을장마라고 불러도 좋을 비였다. 천지가 진동하는 강렬한 천둥소리에 잠을 깬 새벽부터 사흘 내내 비가 왔다. 날은 빠르게 추워졌고, 두꺼워진 옷을 입고 사방에서 흩날리는 비바람을 뚫고 걷기란 여간 피로한 일이 아니었다.

나는 쏟아지는 비를 보며 눈을 생각했다.

날이 조금 더 추워지면, 지구가 태양과 조금만 더 멀어지면 완전한 겨울이 올 것이다. 그럼 이 비는 곧 함박눈이 되어 세상에 소복이 쌓일 것이다. 눈 소식을 듣지 못한 채 잠든 밤사이 눈이 내리고, 다음날 일어나 커튼을 젖히고 창을 여는 순간 눈으로 뒤덮인 새하얀 설원을 마주하는 기쁨. 나는 그 낭만을 사랑해서 겨울을 기다린다.

일기의 주인

네가 맘에 들어찬 이후로 일기를 쓰기 시작했어. 순간순간 느껴지는 감정들을 곰곰이 생각하고 글로 옮겨 적는다는 것은, 어려우면서도 가끔은 가슴이 아리도록 뿌듯한 일인 것 같아. 생각을 글로 옮기지 못하면 결국 사유하지 못한 것과 같다는 말을 좋아해. 너는 생각을, 감정을, 느낌을 글로 옮기고 말로 내뱉도록 만드는 사람이야.

너의 목소리를 듣고 싶고. 만나고 싶고. 눈빛을 보고 싶어.

너를 빈틈없이 아껴.

카멜레온의 탈

어릴 적부터 나는 남을 관찰하고 모방하는 능력이 뛰어났다. 친구를 새로 사귀면 바로 그 친구의 말투가 내 입으로 옮겨 붙었다. 내가 가진 고유의 색깔 따위는 없이. 남에게 영향을 주기보다는 받기 바빴다. 곁에 있는 사람에 따라 시시각각 바뀌는 스스로가 카멜레온 같다고 생각하곤 했다. 그럼에도 결코 따라할 수 없는 사람이 있었으니, 그것은 밝고 명랑한 사람. 붙임성이 좋고 말 한마디 한마디에서 에너지가 뿜어져 나오는 것 같은 그런 사람이었다.

자칭 카멜레온에게 절대 따라할 수 없는 사람이 생기자 당황스러웠다. 어, 여태까지는 누구든 잘 모방했는데. 누구든 될 수 있었는데. 그럴 리가 없는데. 따라하려고 아무리 노력해도 그렇게 될 수가 없었다. 밝아지려고 발버둥 칠 때마다 너무나도 우울해졌다. 그제야 내가 어떤 사람인지 알고 싶었다. 우울이 찾아온 이후의 삶은 나를 찾는 여정의 연속이었다.

대학시절, 교내 심리상담소 간이 부스에서 재미로 심리검사를 했다가 우울 지수가 높게 나왔다며, 이야기 좀 하자는 말과 함께 붙잡힌 적이 있다. 이런 저런 이야기를 더듬더듬 꺼내다가 갑자기 주체할 수 없이 눈물이 터졌다. 화창한 캠퍼스 한가운데에서 펑펑 울어버렸다. 상담사는 걱정스러운 표정으로 꼭 심리상담을 하러 오라고 당부했다. 하지만 시원하게 울어버린 것만으로도 어쩐지 마음이 홀가분해져서 상담소를 찾진 않았다.

끊임없이 공허하고 속 시원히 알 수 없는 불만감에 쌓여 이대로는 안 되겠다는 생각이 들었을 때, 나보다 의젓해 보이고 뭔가 해답을 찾은 듯한 주변 사람들에게 슬그머니 조언을 구하기 시작했다.

“제가 요즘 이러이러한데요. 잘 살고 있는 걸까요? 걱정도 너무 많이 되구요. 포기할까도 싶고요. 어떡하면 될까요. 그게 다 의미 없었나 싶고요. 너무 막막하네요.”

이런 철없고 푸념에 가까운 고민에 진지하게 조언을 해준 사람들이 있었다.

"지수 씨가 그 시간 동안 이룬 게 분명 있어요. 지수 씨가 아니면 안 되는 일들이 있잖아요. 다른 사람 기준에 맞추려고 하지 마세요. 그러니까 힘들죠. 본인의 기준을 세우셔야 돼요."

적어놓고 보니 어디서도 본 적 없는 엄청난 명언이 스며있는 것도 아니지만, 그때의 내게는 대단히 큰 위로와 힘이 돼준 말들이었다. 어쩌면 세상은 계속해서 같은 조언을 해주고 있었을지도 모르지만, 방황한 지 10년하고도 몇 년의 시간이 지나고 나니 드디어 맘에 와 닿는 조언과 경험이 뭉쳐 드디어 내 안에 있는 단단한 자아를 발견하게 되었다.

이제는 스스로가 어떤 사람인지 꽤 자신 있게 설명할 수 있다. 처음 보는 이에게 딱히 먼저 말을 걸고 싶지도 않을 뿐더러 상황을 주도해 나가야 하는 것 자체가 나에겐 스트레스다. 밝고 기분 좋은 에너지가 흘러넘치는 사람도 아니다. 다만 조용조용 대화를 나누는 것이 좋다. 무례하고 표면적인 이야기만 내뱉는 것보다는 다음 문장을 찾기 위해 조금 시간이 걸리더라도 진심을 정성스럽게 담아낼 수 있는 대화가 좋다.

서른에 가까워져서야 비로소 카멜레온의 탈을 벗고 '나'로서 존재한다. 잔잔하지만 확고하게. 옛말에는 서른을 이립(而立)

이라 했다. 뜻을 세워 흔들림 없는 나이. 그 말이 조금은 맞는 것 같아 엷은 미소를 짓는다. 더 이상은 남을 흉내 내지 말고 나로서 흔들림 없이 존재하고 싶다. 상처 주는 이와 마주 앉아 가면 쓴 대화로 마음을 어지럽히는 일은 그만두고, 아끼는 이와 말간 맨얼굴 같은 대화를 소복소복 쌓을 수 있으면 좋겠다. 상대방의 말에 귀를 기울이고, 서로의 마음을 조심스럽게 건드리면서. 서로의 시간에 맺힌 결정을 경이롭게 발견하면서.

앞으로는, 그렇게 살고 싶다.

이상한 꿈

이상한 꿈을 꾸었다. 나는 그대로 스물여덟인데 신분은 아직 초등학교 6학년 학생이었다. 졸업을 하지 못했다나 뭐라나.

가방에 수학, 수학익힘책을 넣고 등교해 나의 몸집에 비해 아담하기 그지없는 책상에 몸을 욱여넣었다. 아, 그 교과서 안 가져왔다. 생각하면서 무안스레 주변을 둘러본다. 나보다 한참 어린 친구들이 야무지게 교과서를 챙겨온 것을 보며 마음 저 밑바닥에서 부끄러움이 고개를 든다. 병아리 같은 아이들 사이에서 어른의 몸을 하고 있는 나는 수업준비를 안 해왔다는 것이 금방 탄로 날 것이고, 성숙한 이에게 기대되는 바를 이뤄내지 못했다는 이유로 웃음거리가 될 것이다.

내가 삶을 감각하는 방식은 이런 것일까. 나이를 물어오는 질문에 도리어 세월을 실감하면서 뜨악해졌다가 나는 아직 어리고만 싶다고 생각한다. 그렇다고 해서 철없는 투정을 입 밖으로 내놓을 순 없지, 하며 입을 꾹 다무는 것을 보면 아주 어리지는 않은가.

이번에도 졸업은 못할 것 같다고 생각하며 꿈에서 깨어났다.

외로움 단상

나는 종종 외로워지곤 하는데
그것이 함께 있던 사람들과 즐거웠기 때문인지
혹은
어떠한 가망성도 없다는 것을 확인했기 때문인지
나는 종종 헷갈리고

대여섯이 부대끼며 얼큰하게 취기 오르던 자리에서
하나 둘 툭툭 자리 털고 일어나고

저마다 제 갈 길로 몸 향한 채 손 흔들면
나는 무엇이 그리 서러운지

돌아가는 길 내내 목 놓아 울며
눈물 훔쳐내다가
결국엔 홀로 돌아갈 것인데
곁이 잠시 소란스러웠다고 이리도 법석이구나 하며

그저 외롭기를 자처하는 것이다.

호감과 호의 사이

호의와 호감을 구분하는 것은 왜 이리 어려울까. 이성에 대한 관심에 눈 뜨기 마련인 사춘기 시절부터 나는 도리어 남자와 말을 섞는 것이 영 불편하고 어색했다. 그러나 그 어색함을 타파할 물꼬조차 틔우지 못한 채 진학한 곳은 여자 대학교였고, 덕분에 나는 20대 후반에 접어들도록 연락하고 지내는 이성 친구라고는 전무하다시피 한 숙맥이 되어버렸다(도대체 우리나라는 왜 학생시절에 짝 찾는 연습을 시키지 않는 걸까? 외국 드라마를 보면 새파랗게 어린 시절부터 학교에서 열리는 무도회에 같이 갈 파트너를 구하기 위해서 전전긍긍하는 장면이 종종 등장하지 않는가?). 그런 내가 남자에게 말을 붙이고 친하게 지내려는 것은 말 그대로 이성적인 관심이 있을 때만 그랬다. 그래서 누군가가 다가오면 그에게도 나의 사고 회로를 적용하여, 그것이 호감인 줄로 쉽게 착각했다.

나는 곧잘 마음이 허물어졌고 그 안에 누군가가 쉽사리 들어왔다. 꼭 이름까지 불러주며 건네는 인사, 자꾸만 꼬리를 무는 질문, 어느 카페의 라떼가 그렇게 맛있다던데 꼭 같이 가보자 등등. 나라면 이성인 친구와(그마저도 없지만) 그렇게까지 오래도록 대화를 하거나 어딘가를 단 둘이 가지 않으니, 결론은 늘 '날 이렇게 대한다는 건 내게 관심이 있다는 거구나!'에 다다랐다. 내게 호의적인 사람에게 마음이 열리는 것은 주체하기 어려울 정도로 쉽고 빨랐다. 그러면 나는 꼭 서두르고 허둥거리게 되었다. 이미 좋아하게 돼버린 마음을 들키는 것도 참 쉽고 빨랐다. 하지만 나의 마음을 엿본 상대방은, 당황하여 주춤대면서, 어색한 미소와 함께 말하곤 했던 거다.

"어, 난 그런 거 아닌데…."

젠장, 세상엔 왜 남녀 사이에 친구가 될 수 있는 사람들이 이렇게나 많은 걸까? 당황과 황당이 뒤섞인 눈빛을 마주하고 나면 며칠은 가만히 무언가를 하다가도 머리를 쥐어박고, 양치를 하려다 마주친 얼굴에 한숨을 푹푹 내쉬었다. 그저 친구로 다가오는 거였다면 필요 이상으로 다정하고 친절하게 굴지를 말지. 사람도 잃고, 결국 나만 이상한 사람이 되는 그 상황을 다시는 겪고 싶지 않아서 단순한 호의를 호감으로 받아들이는 일이 없도록 경계하기 시작했다.

그러던 중 어느 재즈 공연장에서 반갑게 웃으며 말을 걸어온 사람이 있었다. 며칠간 문자가 끊이질 않았다. 그리고 그의 맥주 제안까지. 그렇게 경계하고 경계하면서, 선뜻 마음을 풀지 않고 나름의 수색전을 펼치면서 이번엔 호감이 맞다고 생각했는데…….

결국엔 또, 호의일 뿐이었다. 그러나 어찌된 일인지 이전보다 타격은 크지 않았다. 학습을 거친 덕분인가, 이건 언제든 호의로 판명될 수 있다는 방어기제가 작동했는지 '그래? 그럼 안녕.' 정도로 쿨하게 반응할 수 있었다. 게다가 이번엔 나의 마음을 들여다볼 여유도 생겼다. 사실 그가 다가와서 호감을 가졌다기 보다는, 그 사람은 그냥 내 스타일이었다. 그래서 잘해보고 싶은 마음이 어느 때보다도 컸다. 그러나 나를 좋아하지 않는 사람을 억지로 좋아하게끔 만들 수 있는 건 아니라는 것을 이미 몇몇 선례를 통해 배웠으니, 어쩌겠는가. 또한…… 나는 착각한 게 아니었다. 서로를 향한 이성적 관심에 기반한 대화가 충분히 오갔다. 다만 중간에 그가 마음을 바꾸어 호의라는 카드를 내밀고 달아났을 뿐. 그렇게 생각하기로 했다. 그렇게 하니 나 자신을 마음의 치명상으로부터 지켜낼 수가 있었다.

나는 여전히 마음이 무르고 친절한 이에게 약하다. 그러나 제멋대로 주물럭거리는 이들 덕분에 곳곳이 터지고 진물을 흘려보니 나를 지키는 방법을 알겠다. 터지는 게 내 탓이라고 생각하지 않기. 터트리려고 그런 건 아니었어, 라는 말은 꽤나 비겁하다고 생각하기. 그리고 그런 사람은 가차 없이 내 마음에서 쫓아내기!

이렇게 글을 마무리 짓고 있는데, 귀신같이 도착한 그의 연락. 왜 그래, 도대체!

왜 그래요

당신이 뭐라고 이렇게 신경 쓰여요. 왜 가만히 있던 호수에 돌을 던져요. 당신 호수는 잔잔하다면서요. 당신이 침묵할 때에 그 호수는 요동치는 거잖아요. 그 침묵은 내 세상을 뒤흔들고요. 너무 흔들려서 걷지도 못하겠잖아요. 온통 당신의 다문 입 너머를 궁금해 하잖아요. 사랑은 아니라더니 그럼 이게 뭔데요. 왜 가만히 있던 호수에 돌을 던져요.

파리의 고슴도치

S가 파리에 있을 때, 그가 얹혀 지내던 친구네 집은 서너 층 정도 되는 높이의 건물에 여러 가구가 모여 사는 형태였고, 1층에는 정원이 가꿔져 있었다고 한다. 그는 어느 날 출근을 하려고 집을 나서다가, 정원에 요상한 물체가 기어가는 것을 보았다. 땅에 딱 붙어서 종종걸음으로 열심히 나아가는 생명체는 분명 고슴도치였다고.

"고슴도치?"

나는 터무니없다는 듯 웃음기 섞인 소리로 수화기에 대고 대꾸했다.

"진짜야, 여긴 야생 고슴도치가 있나 봐."
"누가 키우다 버린 거 아닐까? 무슨 야생 고슴도치가 있겠어?"

파리에서부터 전송되어오는 S의 목소리를 들으며 인터넷에 '야생 고슴도치'를 검색해 보았다. 앗. 한 번도 야생의 고슴도치를 본 적이 없을 뿐이지 우리나라에도, 프랑스에도 야생 고슴도치는 있었다. 심지어 프랑스는 야생 동물들을 보호하는 법이 아주 잘 되어 있어서 도시의 정원에서도 고슴도치를 심심찮게 발견할 수 있다고 한다. S가 본 것은 야생 고슴도치가 맞았고, 생각해보면 우리가 아는 동물들은 모두 야생에서 존재했던 것들이 아닌가.

문득 바르셀로나에서의 기억이 떠올랐다. 바다에 놀러갔다가 한 소녀가 파도를 보고 비명을 꽥 지르며 달려오기에 무슨 일인가 했더니, 넘실거리는 파도 사이로 가오리가 보였던 기억. 우리나라 해변에서의 경험으로는 해파리나 가끔 보겠거니 했을 뿐이었지, 가오리가 해변까지 올라오는 녀석인 줄은 꿈에도 몰랐다.

우리는 우리가 경험해본 만큼만 세상을 이해하기 마련이다.

내가 영국의 도로체계를 본 적이 없었다면, 유럽의 건축양식을 보지 못했더라면, 해가 떨어진 이후에는 술을 살 수 없는 나라가 있다는 것을 경험하지 못했더라면 영영 그런 세상이 있는 줄도 모르고 살았을 것이다. 하나의 세계에만 갇혀서 세상을 다채롭게 바라보지 못하는 것만큼 딱하고 아쉬운 일도 없을 것 같다. 어느 나라의 도심에는 고슴도치가 능숙하게 길을 걷고, 어느 나라의 해변에는 가오리가 출몰한다는 것. 그것 이상으로 세상에는 다양한 환경과 문화가 존재한다는 것. 그러니 당연하다는 듯 '그런 게 어디 있어?' 혹은 '그것도 몰라?'와 같은 말을 내뱉지 말 것. 파리의 고슴도치가 알려준 교훈이다.

멈칫

정말 힘든 사람에게는
힘내라는 말조차도 폭력으로 느껴진다는 말이 떠올라서
너를 앞에 두고 아무런 말을 하지 못했다.

그 침묵은 할 말이 없어서가 아니었어.
무슨 말을 해야 너를 위로할 수 있을지 알지 못해서였어.

맥주 한잔에 대한 갈증

온전한 뮤지션의 삶을 살고 있다. 말은 거창해 보이지만, 풀어서 이야기하자면 생계를 위해 다른 일은 하지 않고 음악을 통한 수입으로만 살아가고 있는 중이라는 뜻이다. 수학능력시험을 치르고 난 후로 쉼 없이 아르바이트를 해 와서 지친 탓에 나름의 안식년을 가지는 중이랄까. 덕분에 고향 동네에는 한 블록마다 내가 일하던 가게가 있을 정도여서, 친구와 동네에서 만나는 날이면 지나가는 가게마다 사장님들에게 인사드리기에 바쁠 지경이었다.

그런 내가 아르바이트를 하지 않고 집에만 있으려니, 도대체 하루 종일 무얼 하든 허전한 기분을 채울 수가 없었다. 일터에서 같은 처지의 아르바이트생들끼리 나누는 대화와 그 속의 미묘한 사회. 손님을 응대하며 느끼는 다양한 감정과 고객들의 패션과 대화에서 엿볼 수 있는 최신 트렌드. 물론 몸은 천근만근 피로해지고, 억울함에 눈물을 쏟으며 때려치우는 일도 더러 있었지만, 방에 틀어박혀 몇 발자국 움직이지도 않는 지금 되새겨보니 그야말로 역동적이고 생동감 있는 삶의 현장이 거기 있는 셈이었다.

사람과 부대낄 일이 없어서일까, 요즘은 그렇게 차가운 맥주 한잔이 간절하다. 이 욕구는 집에 홀로 앉아 캔맥주를 마신다고 해서 채워지는 게 아니다. 일을 다닐 때에는 퇴근하고 집으로 돌아와 혼자 마시는 캔맥주가 그렇게 맛있었는데, 노동하지 않은 자는 그 맛을 느낄 수 없다는 것일까. 커다란 맥주 한 캔을 다 비우고도 '맥주 한잔에 대한 갈증'은 조금도 채워지지 못한 채 그대로 거기에 남아있다.

결국 그 갈증은 사람과 만나고 싶다는 열망이었던 듯하다. 함께 즐거운 이야기를 나눌 수 있는 이와 주점에서 부딪치는, 시원하게 얼려진 잔에 가득 담긴 청량한 맥주. 이야기하고 웃고, 놀라워하고 화도 낼 수 있는, 그런 시간을 간절하게 바라는 것이다.

예전 같았으면 머리가 복잡한 날에는 종류별로 온갖 술을 사서 밤새 혼자 다 비워버렸겠지만, 지금은 통장 잔고가 두려워 그 흔한 맥주 한 캔조차 사지 못한다. 그리곤 맑은 정신으로 이런 글이나 끄적이는 것이다. 가난한 뮤지션이자 가난한 글쟁이가 된 기분이다. 우습다.

어린 시절의 여름밤

빼빼 마른 어린 시절, 여름이면 부모님은 우리를 데리고 서해로 2박 3일 휴가를 떠나곤 하셨다. 우리 가족은 늘 같은 민박집에 묵었는데, 그곳의 이름이 정숙이네 민박이었나 민정이네 민박이었나 가물가물하다. 그쪽은 당시에 나름 관광촌이었는지 근사한 맛의 판모밀을 하는 식당과 큼지막한 평상에 동네 어르신들이 꼭 두세 분은 앉아계시는 활기 띤 슈퍼도 있었다.

평소에는 저녁이 되면 집에만 있어야 했지만, 휴가를 떠나서는 밖이 캄캄해져도 바깥 공기를 맘껏 즐길 수가 있었기에 내게는 그 여름밤의 풍경이 짜릿하게 다가왔다. 동네 어르신들의 사랑방 역할을 톡톡히 하는 슈퍼에는 빙글빙글 말린 모기향을 피우는 냄새가 사찰의 향냄새처럼 잔잔하게 깔려있었고, 나는 아이스크림을 쪽쪽 빨며 축구공만한 둥근 전구에 모여드는 날벌레들을 조금은 무서워하며 바라보고 있었다. 그러다가 이따금씩 슈퍼를 찾아온 관광객들이 아이스크림 냉동고를 열거나 가게 앞에 세워진 음료 냉장고를 열면 소름이 돋을 정도로 시원한 냉기가 끼쳐왔다.

그런 사소하고도 시시콜콜한 여름휴가는 다 잊고 지내던 어느 날이었다. 자전거를 타고 한강에 갔다가 오랫동안 자리를 지켜온 것으로 보이는 가게를 지나는데, 모기향 냄새와 함께 에어컨의 냉기가 훅 끼쳐왔다. 바로 그때 이 모든 기억이 떠올랐다. 첫 독립의 설렘을 안고 상경한 낯선 서울, 망원에서였다. 낯설고도 익숙한 타지, 휴가를 보내는 설렘과 모기향의 냄새, 날벌레와 전구의 불빛, 냉장고에서 흘러나오는 냉기, 이것들이 내 유년기 여름밤에 대한 향수를 담고 있구나. 찰나의 향기와 냉기로 인해 망원이 내 마음에서 더 커져버린 순간이었다. 오늘은 창밖 취객들의 고성쯤 참아주지. 낡음과 젊음이 공존하는 이 동네에 조금 더 너그러워지기로 했다.

미래를 준비한다는 것

아침 운동을 하러 집을 나선다. 처음 보는 선생님의 수업. 그녀 역시 내가 처음 보는 학생인지 유독 붙어서 가르쳐준다. 이리저리 자세를 잡아주다가 혼잣말처럼 묻는다.

- 예전에 측만증 진단받은 적 있어요?

- 네, 어릴 적에.

- 아직도 진행 중인가.

운동을 마치고 집으로 돌아오는 길 내내 휘어진 나의 척추를 생각한다. 초등학생 때 신체검사에서 등에 평행을 측정하는 어떤 도구를 놓고 선생님이, 많이 틀어졌네, 하는 소리를 들으며 가슴이 어딘가 섬뜩했던 기억을 되짚으며. 나는 바른 자세로 서 있는 게 어딘지 모르게 어색하고 불편해서 짝다리를 짚었고, 다리를 꼬았고, 구부정한 허리로 앉아 턱을 괴었다. 운동을 하면서 내 몸의 틀어짐을 발견하고 이제야 제대로 서 있는 법을 익히고 있다.

"난 하고 싶은 게 없는데?"

당시 만나던 애인이 미래를 그려보는 나의 말에 당연하다는 투로 던진 말이었다. 아직 무얼 좋아하는지 못 찾은, 그런 진로 고민 따위가 아닌 정말 '이뤄 놓은 것도 없고, 오래 살 생각도 이루고 싶은 꿈도 목표도 없다'는 소리를 입버릇처럼 외는, 힘없이 마른 채로 축 늘어진 시래기 같은 태도를 취하는 사람이었다. 당장 내일 뭘 하고 싶으냐고 물어봐도 돌아오는 대답은 같았다. 이번 생은 이미 망한 것 같으니, 그저 오늘만 살고 싶다고 했다.

미래를 염두에 두지 않는 하루하루를 사는 이에게 발전가능성이 있을까? 그에게는 '미래'라는 것이 너무도 거창하고 감당하기 어려운 것으로 느껴졌던 것일까. 5년 뒤, 10년 뒤의 미래를 꿈꾸는 것은 고사하고 당장 오늘도 왜 살아가야 하는지 모르겠다고 묻는 이에게 속이 뻥 뚫릴 만큼 시원한 대답을 해줄 수 없는 것이 못내 답답했다.

미래를 준비한다는 건 뭘까. 운동해서 보디빌딩 대회에 나가겠다는 것도 아니고 틀어졌던 척추를 펴서 숨어있던 5센티미터의 키를 찾겠다는 욕심을 부리는 것도 아니다. 그냥, 오늘부터 내 자세의 문제점을 찾고, 인식하고, 내겐 아직 익숙지 않은 일이지만 바른 자세를 의식적으로 취하겠다는 거다. 나는 더 나아지고 싶으니까. 척추가 휘어졌으니 될 대로 되라 하고 살아가고 싶지는 않다는 거다.

우리는 누구든 살아온 시간만큼, 혹은 그보다 더 짧거나 많이 주어진 시간을 통해 스스로를 자신이 원하는 모습으로 이끌어갈 수 있는 기회를 부여받는다. 하지만 그것은 단순히 '가능성'에 불과할 뿐이기 때문에 스스로 목표를 가지고 행동해야 한다. 그래서 나는 운동을 하고 정성을 들여 만든 음식을 먹고 글을 쓰고 노래를 하는 것이다. 자신의 미래는 물론 삶에 대한 나의 노력에도 맥없는 의문만 던지던 그 사람에게 이렇게 말하고 싶다.

나는 내일을 위해서 오늘의 아메리카노를 포기하지 않겠지만, 그렇다고 해서 내일이 없이 살지는 않겠다는 거다.

가만히 생각해봤는데 말이야

어떤 상황이나 사건은 길게 꼬리가 남아서 머릿속에 빙빙 맴도는데, 그것들을 가만히 곱씹어보다가 어떠한 결론이나 의견이 언어로 정리되면 나는 이렇게 입을 열었다.

"내가 가만히 생각해봤는데 말이야."

그러자 언니는 빙긋 웃음을 띠우며 말했다.

"너 항상 그렇게 운을 띄우는 거 알아? '내가 가만히 생각해봤는데 말이야'라고."

그래서 새삼스럽게 깨달은 것인데, 내가 '가만히 생각해봤는데 말이야'라고 말할 때에는 마치 햇살에 젖은 물컵이 가볍게 찰랑이는 것 같은 기분으로 말하는 것이다. 생각은 혼란스럽게 소용돌이치다가 점점 형태가 갖춰지고 정돈된다. 그러다가 햇살 좋은 날의 창가에 놓인 물컵과 같은 느낌으로, 정리된다. 그래서 나는 조금은 들뜬 기분으로, "내가 가만히 생각해봤는데 말이야,"라고 운을 떼는지도 모른다.

어떤 대화

A: 그런 생각도 해봤어. 저주에 걸린 게 아닐까 하는.

B: 어떤?

A: 전에, 그러니까, 마지막으로 사귀었던 애인이 헤어질 때 그런 말을 했거든.

'이제 널 사랑해 줄 사람은 없을 거야.'

그땐 그냥 코웃음 치고 말았는데, 이쯤 되니까 그 말이 진짜

인가 싫어. 내가 누군가를 동경할 때, 나도 그 사람에게 그럴 만한 가치가 있는지를 반문해보면, 아닌 것 같거든. 그러면 또 '내가 그렇게 별 볼 일 없는 사람인가' 하면서 자기부정을 하게 돼.

B: 그렇게 생각하지 마. 아직 사랑할 사람을 못 만났을 뿐이야.

A: 하지만. 만난다 한들? 영원히 행복하진 못할 거잖아. 언젠간 시시하고 찌질하고 구질구질하게, 질척거리면서 헤어지고 말 거잖아. 난 그게 두려워서 시작도 못하겠어.

(정적)

A: 연애야 하고 싶지. 그치만, 말했듯이. 지금의 나는 연애할 상황이 아닌 것 같아. 내가 불안정한데 누굴 만나겠어. 당장 다음 달에 뭘 하고 있을지도 장담할 수 없는데. 누구의 감정을 신경 쓰고, 그 사람으로 인해서 내 감정도 오락가락하고, 그런 걸 견디기엔 마음의 여유가 없어.

B: 나는 개인적으로 그렇게 생각해. '연애할 수 있는 상황' 같은 건 따로 존재하지 않는다고. 아무리 힘든 상황에서도 마음은 생기더라.

(정적)

B: 나는 오래 친하게 지내던 사람이랑 갑자기 만나게 되는 경

우가 종종 있었어.

A: 오.

B: 갑자기 그 사람이 어느 순간 훅 마음에 들어오면, 그렇게 되더라.

A: 그래서, 요즘은 내가 그 마음에 들어갔나?

B: 어?

A: 다시 곰곰이 생각해봐. 나랑 연인이 된다고 상상해봐. 나라는 친구를 잃을 만큼 좋아? 그만큼 내가 이성으로서 좋아? 아닐걸.

(정적)

B: 나 부탁 하나만 해도 돼?

A: 뭔데?

B: 조금만 천천히 걸어 줄 수 있을까.

A: 아, 미안 미안. 내가 걸음이 좀 빠르지. 알고 있는데도 그러네.

B: 날아가는 줄 알았잖아.

A: 토요일에는 뭐 할지 생각해봤어?

B: 응, 대충.

A: 아, 여기서부터는 내가 아는 길이다.

(정적)

A: 고양이 보고 갈까?

B: 좋지.

A: 좀 더 가면 맨날 고양이가 앉아 있는 곳이 있어.

B: 응, 가보자.

가끔은 내가 나인 것을 못 견디겠는, 그런 기분이 든다. 머리를 다 쥐어 뜯어버리고 싶은 기분. 어디론가 도망가는 것을 넘어서서 그저 존재하지 않고 싶다. 너무나들 열심히 살아가는 이 세상에서 내가 무얼 할 수 있을까 생각하다보면 스스로가 견딜 수 없이 무용하게 느껴진다.

그렇게 맹목적으로 스스로를 파괴해버리고 싶은 욕구에 사로잡혀있다가도 한 사람의 팔이 나를 끌어안을 때, 안고서 다독일 때, 우습게도 사는 게 퍽 괜찮아진다.

그러니까 안아줘. 더 많이. 더 자주.

Easy Care

스투키를 선물 받았다.

“물은 자주 안 줘도 된대. 딱히 관리하지 않아도 돼서 키우기 쉽다더라. 고양이가 먹지 않게 조심하구.”

그런 이야기와 함께.

‘easy care’라는 딱지가 붙은 채 작고 하얀 화분에 담긴, 기다랗게 솟은 스투키. 책상 한편에 자리를 마련해주고 물끄러미 바라보았다. 신장개업한 가게나 친구네 집들이에서 한 번씩은 봤던 식물. 관리가 쉽다는 이유로 많이들 키우는 식물. 그러다 퍼뜩, 물을 자주 안 줘도 된다고만 했지 언제 주라는 말은 못 들은 것 같았다. 관리법을 찾으려 인터넷에 스투키를 검색해보자 다음과 같은 설명이 나왔다.

'스투키는 경작이 매우 쉬운 편으로 그늘, 열, 건조한 환경을 잘 견뎌내며 거의 모든 환경에서 잘 자란다. 토양, 빛 세기, 물의 양에 관계없이 번성한다. 물을 많이 주지 않은 상태에서도 따뜻한 환경과 추운 환경을 날 수 있다.'

더운 지역에서 자라는 다육식물의 경우 대체로 물을 많이 주면 안 된다. 어릴 때 집안일 좀 돕겠다고 부모님이 키우시는 화분마다 열심히 물을 주었는데, 작고 귀여워서 예뻐하던 선인장이 물컹물컹하게 썩어버렸다. 그 이후로 물을 자주 주면 안 된다는 식물에게는 금기사항을 꼬박꼬박 지키는 심정으로 물을 주지 않았다. 그러다보니 자연스레 그 식물에 대한 관심도 떨어지게 되었다. 그러다 어느 날 지금쯤이면 물을 줘도 되지 않을까 싶어 화분을 들여다보면 흙은 바싹 말라서 쩍쩍 갈라져있고, 식물도 앙상하게 말라 죽어있는 것이다. 아무리 척박한 환경에서 버티는 생명이라 할지라도 아무런 관심 없이는 살아남을 수 없다는 듯이.

어떤 관계도 이와 같지 않았을까.

'우리 사이엔 깊은 우정이 있으니 멀리 떨어져도 변함 없어.'
'자주 연락하지 않아도 괜찮을 거야.'
'엄마아빠 생각하는 건 당연하지.'
'마음으론 늘 생각하고 있다구.'
'괜히 낯간지럽게, 꼭 표현해야 아니?'
'저는 괜찮아요. 챙겨주지 않으셔도 돼요.'

각별히 돌보지 않아도 괜찮을 거라는 관계. 하지만 관심과 애정이 결핍된 관계는 점점 서먹해지고 푸석푸석하게 말라갈 수밖에 없다. 아무리 강한 척, 괜찮은 척 해도 서운함은 시간 따라 조금씩 조금씩 쌓이게 마련이니까. 그것을 느꼈을 때부터, 괜찮다고 하는 사람을 부러 더 챙겨준다. '에이, 엄마가 그런 게 왜 필요해. 너 더 먹어.' 그러면 그게 꼭 필요하다는 말로 들려서 더 챙겨주고, 한 술 더 덜어주게 된다. 사실은 그게 더 간절한지도 모르는 게 사람 마음이니까.

물 없이도, 관심 없이도 잘 자라요. 모두가 그렇게 알고 있는 스투키. 아무리 네가 강하다 한들 물 한 방울 없이 살 재간이 있니. 스투키가 담긴 화분에 들여온 날짜를 적는다. 두어 달에 한 번, 한 모금의 물이라도 잊지 않고 줄 수 있게. 이지 케어라는 장점이 너를 죽이는 원인이 되지 않게. 오래오래 선명한 녹

색으로 이 자리를 지켜줘. 그리고 네게 물을 주는 날이면 그리운 얼굴들에게 인사를 해야지.

2장

외동 같다는 말

엄마의 전자레인지

고등학교를 졸업하고서 편의점 아르바이트를 하던 때다. 그때까지 편의점을 딱히 이용해본 적이 없던 내겐 당시 최신 문명이나 다름없던 그곳의 모든 것이 신기하게 다가왔다. 삼각김밥, 샌드위치 등이 신선식품이라는 이름표를 달고 하루에 두 번 배송되어 왔다. 이거 얼마에요, 누군가가 물어보면 한 번 찍어봐 드릴게요, 하고 바코드를 찍으면 모든 정보가 나왔다. 모든 물건에 대한 재고 정보가 존재했고, 기존의 슈퍼마켓에서는 찾아볼 수 없던 2+1 개념이 등장했다.

하루는 삼각김밥 따위로 끼니를 대신하려 전자레인지에 넣고 돌렸는데, 정신없이 손님을 받고 돌아와서 음식을 꺼내보니 차가운 거다. 고개를 갸우뚱 하며 다시 음식을 넣고 30초 버튼을 눌렀다. 패널에 30초가 추가되었을 뿐, 작동하지 않았다. 의아해하며 한참동안 기계를 살펴보니 30초 버튼 옆에 '시작'이라고 쓰인 버튼이 보였다. 그것을 누르자 그제야 익숙한 소리를 내며 전자레인지가 작동하기 시작했다.

집에서 쓰던 전자레인지는 조리시간을 설정하면 지체 없이 바로 작동했다. 부모님이 결혼하실 때부터 있던 녀석. 우리 언니보다도 나이가 많은 그 녀석. 지금도 우리 집의 터줏대감인 그 녀석. 어떻게 보면 그저 작동 방식에 차이가 있는 모델일 뿐인데, 나에겐 시간을 얼마로 설정하든 시작버튼을 눌러야 작동하는 전자레인지가 있다는 사실 자체가 충격적이었다. 20년을 넘게 살면서 다른 집 전자레인지를 작동시켜볼 일이 없었으니까. 새로운 전자레인지를 보며 이것이 신문물이구나 속으로 호들갑을 떨면서, 그 이후로 능숙하게 시작버튼을 누를 때마다 묘한 만족감을 느끼곤 했다.

그러던 어느 날 엄마 또래로 보이는 중년의 여성 손님이 들어왔다. 그 손님은 김밥이었나, 햄버거였나 정확하게 기억은 나지 않지만, 무언가 데워먹을 만한 음식을 구매하고는 전자레인지 앞으로 갔다. 괜히 엄마 생각이 났다. 우리 엄마도 나처럼 저 전자레인지 앞에서 멍하게 서 있을 텐데. 나는 해답을 발견하기라도 했지만, 엄마는 시작 버튼을 눌러볼 생각도 못할 것이다. 2+1이 뭐라고 아무리 설명을 해줘도 아니 그러면 같은 가격에 다른 걸 주면 안 되냐고 조르는 손님이 와도 엄마가 보였다.

'지수야, 이거 어떻게 하는 거니. 엄마가 이거 하트를 누르고 싶은데 로그인을 하래.'

'엄마, 당연히 계정이 있어야 하트를 누를 수 있으니까 로그인을 하라는 거지. 줘 봐봐. 뭐야, 로그인 돼 있잖아.'

'어머머, 뭐? 그거 돈 나가는 거 아니니?'

'아이, 아니라니까.'

나에겐 너무나 당연한 일이지만, 엄마에게는 너무 낯설고 어려운 일들. 엄마가 그럴 때마다 괜히 짜증을 내고 그것도 모르냐며 화를 내기 일쑤였다. 전자레인지 앞에 서있는 여인의 뒷모습이 자꾸만 엄마 같았다. 평소 그런 성격도 아닌데 슬그머니 그 손님의 옆으로 갔다.

"이거요, 시작버튼을 꼭 누르셔야 작동이 돼요."

나의 말에 그 손님은 무슨 당연한 소리를 하냐는 듯한, 별 이상한 사람 다 보겠다는 눈빛으로 나를 쳐다봤다. 나는 머쓱하게 자리로 돌아갔지만 엄마가 어느 날 편의점 전자레인지 앞에서 쩔쩔 매고 있을 때, 그곳의 직원은 꼭 엄마에게 말해줬으면 좋겠다.

어머니, 이건 시작버튼을 누르셔야 작동이 돼요.

시작버튼이요. 응? 엄마.

2016년 여름

그때 내가 널 안아줄 수 있었다면.

널 안고 그 모든 길을 걸어 돌아올 수 있었다면.

고양이 특수요원 망치

아침 7시. 가슴언저리에 묵직한 무게감이 느껴진다. 몽롱한 정신으로 감각이 깨어나기를 기다리고 있으면 이윽고 까칠한 혓바닥이 얼굴을 핥아온다. 고양이는 생각보다 감정표현이 풍부하다. 기분이 좋을 때는 흔히들 알고 있는 '골골송'을 부르고, 원하는 것이 있을 때에는 길고 신경질적인 울음소리를 낸다. 그리고 원하는 것을 통 들어주지 않으면 시무룩한 사람이 낼 법한 소리로 웅얼거린다.

이른 아침부터 배가 고픈 나의 고양이는 한껏 슬픈 감정을 담아 울어대며 집사의 얼굴을 씹어대기에 바쁘다. 망치야, 도대체 왜 얼굴을 깨무는 거야. 그렇게 중얼거리며 일어나서 사료 그릇을 씻고, 새 물과 사료를 담아준다.

오도독 오도독, 식탁에 앉아 건사료가 고양이의 저작활동으로 경쾌하게 부서지는 소리를 듣는다. 시선이 닿는 곳마다 고양이털이 쌓여 있다. 창문을 열고 청소를 시작한다. 집안이 온통 고양이 물건이다. 캣 타워만 두개, 러그 위에는 망치가 제일 좋아하는 퍼즐 매트, 한쪽 구석 상자에는 망치의 장난감만 수십 개. 이런 풍경은 불과 몇 개월 전만 해도 상상할 수 없는 모습이었다.

4년 전, 10년이 넘게 키운 개를 처참한 모습으로 보내고 난 뒤 다시는 동물을 키우지 않겠다고 다짐하고 또 다짐했다. 하지만 시간은 상처를 조금이나마 치유했고, 눈앞에 실존하는 생명에 대한 경외는 슬픔보다 강했다.

망치는 어디서 왔을까. 비교적 깨끗한 털 상태로 봐서나 지나가는 사람을 불러 능숙하게 츄르를 받아먹는 모습으로 봐서나 녀석은 사람과 함께 살아온 것 같았다. 언제 어디서 태어나 누구와 살다가 언제 이 차가운 길 위에 있게 된 것일까. 내가 알지 못하는 망치의 과거가 궁금해서 하루는 포털 사이트에 '회색 고양이 분양합니다'를 검색해보았다. '회색 흰색 고양이 분양합니다', 혹은 '고양이 팝니다'일까.

흰색 회색이 섞인 고양이는 너무나도 많고, 망치가 태어난 정확한 시기를 모르기에 이러한 탐색은 곧 맥이 풀리고 말았다. 그리고 망치를 가만히 바라보았다. 온전한 관심을 받기를 원하는 망치 씨. 놀아주다가 핸드폰을 보면 바로 알아채고 다가오는 망치 씨. 장난감을 건성으로 흔들면 흥미를 잃는 망치 씨. 어느 날 어디선가 뿅 하고 나타난 이 애교 많고, 말도 많고, 사랑스러운 고양이. 누가 이렇게 사랑스러운 널 버린 걸까?

그러다 퍼뜩, 그래, 너는 버려진 게 아니라 고양이별에서 고양이의 사랑스러움을 널리 전파하기 위해서 파견 나온 거야. 그렇게 생각하기로 했다. 그리고 망치는 자신의 업무를 훌륭하게 수행하고 있다.

서울살이

서울에서 생활한 지 1년이 조금 넘었다. 나는 먼 지방에서 필요에 의해 왔다기보다는 부모님 집에서 벗어나고 싶은 마음으로 도망쳐 나온 것이기 때문에 어딘가 고단함이 묻어나는 '서울살이'라는 말을 딱히 실감하지 못했다. 게다가 팀 멤버인 박현수 씨, 스튜디오 엠오에스의 대표님과 함께 셰어하우스의 개념으로 집을 구했기에 보증금 걱정도 없이 자유만을 만끽하며 지냈다.

그러다 내년에 집 계약이 끝나면 박현수 씨는 따로 자취 중인 동생과 집을 합칠 생각이고, 대표님도 사무실을 겸할 수 있는 집을 찾을 예정이라고 하시기에 나도 슬슬 거처를 고민해야 했다(아무래도 바퀴벌레와 그리마가 수시로 번갈아 등장하는 집에 다들 지쳐버린 듯하다). 월세가 너무 부담스러워서 다시 파주로 들어갈까도 생각했지만, 서울에서 얻게 된 자유를 포기할 순 없었다. 즐거운 자리에서 막차 시간을 확인하느라 진땀 빼지 않고 다가오는 새벽을 느긋하게 즐길 수 있다는 것 또한 큰 메리트였다. 또 파주로 들어간다면 다시 평범하기 그지없는 삶을 살겠구나 싶었다. 평범함 속에서 나는 외로웠다.

그렇게 서울에 남기로 마음을 굳히고 혼자 살 집을 알아보려니 갑자기 서울살이가 너무했다. 지하나 옥탑을 제외하고 지상층에, 채광이 좋고, 구조가 합리적이며 신축인 건물을 찾으려면 필요한 자금이 만만치 않았다. 대출을 하려 해도 나처럼 수입이 미미한 프리랜서에게는 쉬운 일이 아니었다. 여유 자금에 맞춰 조건도 점점 느슨해졌다. 지하로 들어갈까. 쪽방촌에 살까.

서울 전월세방의 조건을 보고 갖은 생각에 잠겨 걷다가 나도 모르게 쪽방촌에 이르게 되었다. 얼마 전 길을 잘못 들어서 우연히 발견한 곳이었는데, 그때는 '이런 곳에도 사람이 사는구나. 무섭다.'는 생각만 했다. '집'이라는 것이 온몸으로 표현하는 삶의 무게를 몰랐을 때에는 허름한 집에 사는 이들의 삶에 공감해보려 하지 않았다. 그러나 지금 보니 그 안에 있는 이들의 고된 삶이 너무도 가깝게 느껴졌다.

한폭 정도의 틈만 두고 다닥다닥 붙어있는 그 쪽방촌에서 툭 치면 부서질 것 같이 얇은 콘크리트 벽을 타고 넘어오는 TV 소리를 들으며, 서울살이는 이다지도 고되어야 하는 것일까 생각했다. 그러다 고개를 들어 올려다본 곳에는 난데없이, 정성스럽게 돌보는 듯한 화분이 하나 보였다. 위태로운 모습의 2층짜리 건물 계단에 내놓은 어여쁜 화분 하나. 그곳에는 방울토마토가 알알이 먹음직스러운 모양으로 익어가고 있었다. 그 모습에 나도 모르게 피식 웃음이 나왔다. 고된 서울살이에서도 이 정도의 낭만만 잃지 않으면 된다는 듯 싱그럽게 열매를 맺은 방울토마토. 그 작은 녀석이 예상치 못한 안도감을 주었다. 무겁던 마음이 사르르 한층 가벼워졌다.

그래, 결국엔 다 사람 사는 일이다. 내년에 살게 될 집에서는 식물을 하나 키워보리라 다짐하며 방금 전과는 또 다른 기분으로 쪽방촌을 걸어 나왔다.

서울 살기를 고집하는 이유

'전세 1억 xxxx원. 대출 불가. 반지하. 채광 좋아요.'

지인들과 함께하는 셰어하우스가 끝나면 온전히 혼자 살기 위하여 처음으로 직접 이것저것 찾아보니 괜스레 조바심이 생겼다. 아직 집 계약 만료까지는 열 달이나 남았으니 급할 것은 없지만, 보증금을 보아하니 지금 버는 모양새로는 10개월 후에 길바닥에 나앉게 생겼다. 대책이 필요했다.

집 주인은 꿈도 못 꾸고 그저 세 들어 살기라도 하고 싶을 뿐인데, 편히 먹고 자고 씻고 몸을 뉘일 공간을 쓴다는 것이 이렇게 비싼 일일 줄이야. 어떻게 저 큰돈을 마련해야 할지, 막막한 보증금을 생각하면 숨이 턱턱 막힌다. 직장에 다니는 친구들은 벌써 몇천만 원씩 모았다는데 내 통장은 아직 천만 단위 숫자는 보지도 못했다. 대출을 받는다고 해도 월세에 이자를 합치면 또 매달 나갈 돈이 궁하다. 아휴. 이래서 엄마가 늘 사는 게 돈이라는 말을 입에 달고 살았던 거구나?

급한 대로 조각조각 들어오는 나의 모든 수입을 하나씩 세어본다. 언제 끊길지 알 수 없는 불안정한 수입들. 코로나 19 시대를 맞이하고서는 정말 '제로'가 되어버린 공연 수입, 월세만큼도 안 나오는 저작권료. 그럼 이 책으로 돈을 벌 수 있을까? 그건 또 아닐 것 같고. 결국 투잡 쓰리잡을 뛰어야 하는 시기가 온 건가.

생각해보면 지금은 직장인들에 비해서 일하는 시간이 턱없이 적으니 적게 버는 게 당연한 건지도, 해서 일자리를 구해볼까 맘을 먹으면 음악이라는 녀석이 불쑥 불쑥 튀어나와서는 약을 올린다.

"야, 너 일하려면 근무교대가 아주 자유롭고 휴무도 눈치 안 보고 쓸 수 있는, 굉장히 자유롭고 너그러운 분위기의 일자리를 찾아야 할 걸? 아, 물론 일이 너무 힘들어서 음악 할 체력이 바닥나면 안 되니까 오전이나 아주 늦은 오후에만 일할 수 있는 파트타임으로 찾고 말이야."

이 녀석아, 그럴 거면 아주 성공하든가. 고정적인 출근은 못 할 정도로 스케줄이 잡히지만 직장인 월급에는 한참 못 미치는 성과를 내는 이 녀석아. 시작한 지 10년이 지났지만 아직까지도 음악은 희망고문 중이다.

서울에 모여든 예술가들은 다 이런 고민을 하면서 살까. 비단 예술가뿐 아니라 자신만의 가게를 꾸리는 자영업자 사장님들도. 언젠가는 음악 쪽에 연관된 일을 하시는 분과 함께 식사를 하다가 이런 이야기를 들은 적이 있다.

"근데 왜 꼭 뮤지션들은 마포를 고집하는 거예요. 뭐, 여기 홍대 쪽이라고 뭐 특별할 것 있어요?"

나도 그런 의문을 가진 적은 있으나 1년 정도 마포구에 살아보니 이 동네의 특별함은, 사람들이 좋다는 거다. 꿈을 찾아 모여든, 어떻게 보면 대책 없어 보이기도 하고 철없어 보이기도 하는 사람들. 언제나 부모님의 한숨 섞인 잔소리를 듣는 이들.

그들끼리 교류하고 부대끼면서 만들어지는 동네의 분위기와 문화. 그게 좋아서 머무르고 싶은 거다. 심심한 고향 동네에서는 느껴볼 수 없던 젊은 감각이 끊임없이 움직이고 솟구치며 새로워지는 광장. 그런 문화적 기반이 자리한 곳에서 생활하는 것만으로도 같은 부류의 사람을 쉽게 만날 수 있게 되고, 그들과 영향을 주고받으면서 결국 좋은 영감을 얻게 된다. 그리고 그 곳에 남아있게 해주는 건… 무시무시한 보증금과 월세.

결국 그래서 허리띠 졸라매더라도 서울에 살기를 고집한다는 이야기다. 돈 주고도 살 수 없는 경험을 하기 위해. 어느 동네의 주민이 되기를 스스로 선택하기 위하여. 나와 같은 부류의 사람들, 그 무리를 찾기 위해.

오늘도 서울 주민으로 머물기 위해 무던히 집을 알아보면서, 동네에서 마주치는, 어쩌면 나와 비슷한 고민을 하고 있을 이들에게 따뜻한 눈인사를 보내고 홀로 내적 친밀감을 느끼며 그들의 평안을 빌어본다. 서울을 마음의 고향으로 삼은 모든 이들이 조금은 근심을 내려놓고 서울에 남아있을 수 있기를.

망원동 찬가

서울에는 사람이 너무 많다.

조용하고 도로도 널찍널찍한 파주에서 살다가 서울의 교통 지옥과 사람지옥의 한가운데에 던져지니 말 그대로 서울 상경한 시골 쥐 꼴로 골골댔다. 매일 아침부터 빵빵거리는 소음, 밤마다 취객들의 배려 없는 고성방가에 시달리며 주민 센터에 민원 글을 넣기만 수차례. 아름답고 평화로운 파주가 못내 그리운 적도 있었다. 그러나 결국 임대차계약 2년에 따라 이 잠들지 않는 소음의 거리와 공존하는 방법으로 안대와 차음력이 높은 이어플러그를 구입하며 동네에 정을 붙여보기로 했다.

적응의 동물인 인간답게 못 살겠다고 징징거린 지 몇 달 지나지 않아 언제든 푹 잘 수 있게 되었다. 그제야 슬슬 동네가 눈에 들어오기 시작했다. 그래도 몇 달 살았다고 술에 취해도 파주가 아닌 서울 집으로 얌전히 들어왔고 10분만 걸어가면 한강공원이 펼쳐진다는 점도 만족스러웠다. 그리고 가장 재미있는 것은 그곳에 모여든 매력적인 사람들을 보는 일이었다. 처음에는 고통이었던 인구밀도가 결국엔 이 동네가 매력적인 이유가 된 것이다.

특히 망원동이 이렇게 핫하기 전부터 조그만 가게를 내고 장사를 시작한 자칭 '망원동 1세대'들의 삶의 태도에는 사람을 끌어당기는 힘이 있었다. 그들에게서는 돈을 벌기 위한 독기 같은 것은 느껴지지 않았다. 차라리 예술가의 그것이 느껴졌다. 그 계절에 맞게, 좋은 재료로, 케어가 가능한 인원에게만, 준비된 만큼만 판다. 욕심을 내지는 않되 치열하다. 망원동은, 그런 사람들이 이웃주민이라는 사실이 꽤나 매력적인 동네였다.

망원동에서 지내면서 이래저래 알게 된 사람들은 뮤지션, 배우, 엔터테인먼트 회사 사장님, 카페 사장님, 이자카야 사장님, 타투이스트, 동화 작가 지망생, 책을 쓰는 작가, 시나리오 작가, 포토그래퍼 등 다양했다. 파주에서는 20년에 가까운 세월 동안

한 번 만날까 말까 했던 직업군의 사람들이 망원동에는 바글바글했다. 그들은 각자 저마다의 꿈을 이루기 위해서 이곳에 와 있었다. 평범함에는 좀이 쑤시는 사람들. 남들 가는 루트대로 안 간다고 부모님의 한숨 소리를 들어야 하는 사람들. 언제나 스스로를 아웃사이더라고 느꼈었는데, 비로소 내가 찾던 무리가 있는 곳을 발견한 것 같았다.

망원동도 젠트리피케이션으로부터 자유롭지 않아서 '망원동 1세대'들이 자리를 잡았을 때보다는 훨씬 시끌벅적하지만 골목골목이 워낙 작은지라 당분간은 개인 사업자와 예술가들의 안식처가 되어 줄 듯하다. 나도 이 부근을 크게 벗어나지는 않을 생각이다. 치솟는 집값을 어떻게 감당해야 할지는 모르겠지만. 이곳에 모인 모두들, 우리 존재 파이팅이다.

돈은 무서워

어린 시절 기억에 부모님에게는 늘 '돈'이 화두였다. 돈에서 비롯해 서로를 향해 날이 선 고함과 비난, 헐뜯는 소리가 지겹도록 귓전에 울렸다. 그런 환경에서 자란 내게 돈은 늘 무서운 것이었다. 교재비처럼 응당한 이유로 용돈이 필요해도 눈치를 봐야 했고 군것질 따위를 하는 것은 용서받기 어려운 일이었다.

한 번은 대학교 기숙사에서 같이 살던 룸메이트가 자신의 가계부를 심각하게 들여다보다가 물었다.

"지수야. 나는 일주일에 생활비 얼마나 쓰나?"

"나? 한… 만…원?"

안 그래도 용돈을 너무 많이 쓴다며 아버지에게 핀잔을 들은 후라 위축되어있던 나는 서둘러 변명을 시작했다.

"마, 많이 쓸 때 그런 거구 만 원도 채 안 쓸 때도 많아…."

"맞나. 나는 일주일에 5만 원 쓰는데…, 아니 어떻게 일주일에 만 원을 쓰고 사나?"

그렇게 만 원 쓰는 것도 벌벌거리면서 큰돈을 써본 적 없어서인지 역설적으로 나는 돈을 많이 벌고 싶은 욕심이 없었다. 아르바이트를 해도 몸을 버려가며 악착같이 일하는 것보다는 덜 벌더라도 쉬엄쉬엄 일하는 게 좋았고 밴드 활동을 하면서 우리에게 높은 몸값을 책정하면 부담스러웠다.

그러다가 혼자 살기 시작하면서 말 그대로 쓰는 대로 족족 통장에서 빠져나가는 것이 눈에 보이니 덜컥 겁이 났다. 이대로 괜찮은 건가? 이만큼 벌면서 살 수 있는 건가? 돌봐야 하는 고양이까지 딸리니 가진 재산이 너무 초라하게 느껴졌다. 그제야 돈의 중요성을 어렴풋이 실감했다.

돈 걱정에 한숨을 쉬게 되면 부자였음 좋겠단 소리가 실없이 따라 나온다. 돈이 많았으면 좋겠다, 같은 바람은 복권에 당첨되면 그만이다. 단순히 돈이 많은 것은 근본적인 해결책이 아니다. 적절한 바람은 '돈을 많이 벌었으면 좋겠다'일 테다. 앞으로의 일을 계획할 때마다 수입이 풍족하고도 안정적이어서 별다른 불안이나 걱정 없이 미래를 그릴 수 있다는 것이 얼마나 큰 행복인지를 실감하며 돈 많이 버는 직업을 택하라던 부모님 말을 들을 걸 그랬나 싶기도 하다.

하지만 뭐, 이미 큰 돈 만지기는 그른 것 같고 성실하게 벌고 알뜰살뜰 모으는 것부터 실천하기로 한다. 돈이라는 존재를 깊이 깊이 생각할수록 목이 졸려오듯이 무서워지지만 일단 내가 이길 수 있는 상대라고 생각하고 본다. 어떻게든 살아는 진다. 어떻게 살아갈 것인지 놓아버리지만 않으면 된다.

신발장 앞에 가만히 서서

있잖아.

어떻게 하면 내가 너에게 가까이 다가갈 수 있을까. 너와 떨어져 있어도 떨어져 있단 느낌조차 들지 못하게, 세상에서 둘도 없이 가깝다고 느낄 수 있게끔. 어떻게 하면 그럴 수 있을까.

나는 아직도 너를 잘 모르겠어. 너와 손을 잡고 걸어도, 네가 내 어깨를 동그랗게 감싸 안아도, 고요한 새벽에 내 어깨에 너의 머리가 와 닿아도. 너의 마음은 저 먼 곳에 있는 것만 같아. 너의 시선은 내게 오래 머물지를 못해. 울음이 목에 당도하면

목이 자꾸만 헛헛해. 얇아진 목울대에 울음이 그득그득해서 금방이라도 목이 쉴 것만 같지. 너는 내게 왜 그러냐고 묻고 나는 아무 말도 못해.

나를 좋아하는 사람이 아닌 내가 좋아하는 사람을 만나고 싶단 그 소원이 저주가 되어서 돌아온 걸까. 언젠가부터 나는 늘 매달리는 입장이야. 내가 해줄 수 있는 건 다 해주려는데 상대는 사람을 믿지 않는대. 나보고 떠나갈 거 아니냐고 하더라. 그럴 때면 나는 미치겠어. 그 말에 상처받은 내가 마음을 조금 덜 주려고 하면 너는 아주 떠나가려고 해. 서로 상처만 가득해. 나도 떠나갈 사람에겐 너무 많은 마음을 주고 싶지 않단 말야. 영원할 거라고, 거짓말이라도 해줬으면 좋겠단 말야.

너는 종종 애인과 이런 걸 하고 싶다고 남 이야기하듯 이야기하고 나는 그 '애인'을 내가 아닌 다른 누군가의 이야기처럼 들어. 너는 애인과 그런 걸 하고 싶구나. 그 애인이 나라는 생각이 안 들어. 그 자리에 나를 넣어주었더라면. 나의 눈을 바라봐주었더라면. 내 이름을 불러주었더라면. 나는 아프지 않았을까.

'애인이 없는 것보다는 나은 상태'라서 연애를 하는 사람들도 종종 있다는 것 정도야 이미 알지. 스스로가 능동적으로 행동하고 싶은 맘은 없고 상대방의 행동에 따라서 스탠스를 결정하곤 하는 그 심보. 무언가를 해주고 싶은 맘은 없는데 상대가 자기가 해달라는 걸 안 해주면 화부터 나는 그 심보. 그럼 그 연애에 진심인 상대는 뭐야. 많은걸 함께 꿈꾸고 싶고, 나누고 싶은데 그게 상대에게는 부담일까 봐, 그래서 도망가 버릴까봐 속으로 삼켜야하는 그 심정은 도대체 어떻게 할 거야.

서로 애처럼 좋아해서 사귀는 그런 일은 이제 잘 없다는 거 알아. 그럼 이제부터 겪어야 할 어른의 연애라는 건 이다지도 보잘것없는 걸까, 비겁하고. '그냥 안 맞았어.', 그 한마디면 끝날 사이. 그게 다인 걸까? 이 나이엔 다 그런 거지, 하고 넘겨야 하는 걸까? 나는 아직도 사랑이 어려워. 사랑이 뭔지는 몰라도 내가 곁을 내어주는 건 너뿐인 건데. 내가 파고드는 이불은 네 것뿐인 건데. 그거 하나는 분명한데.

그렇게 시간이 지나고 지나 애초에 이 사람은 날 믿지 않았구나. 애초에 이 사람은 나를 좋아하지 않았구나. 그걸 깨닫는 게 못내 아파. 인간은 무엇하러 사랑을 느끼는 걸까. 이다지도 서로 다르게 사랑을 대할 거라면.

우리, 이렇게 다른데.
왜 처음에는 그렇게 닮은 점이 많다고 생각했을까.

병 주고 약 주고

애인이라는 사람을 곁에 두고도
다정이 그리워 몸을 떨며 울던 밤이 있었다.

정말이지 연인이라는 존재는
온전했던 사람을 온전치 못하게
씩씩했던 사람을 참 쉽게도 외롭게 만들곤 한다.

호모 루덴스

언제부턴가 방 탈출 카페와 VR카페가 우후죽순으로 생겨나 새로운 데이트코스, 여가활동으로 각광받기 시작했다. 내 주변도 예외는 아니었다. VR카페를 무조건 가야한다며 들떠있는 친구들에게 차마 가기 싫단 말을 할 수가 없어 등 떠밀리듯 신기술의 놀이터에 가게 되었다.

전날 과음했다는 핑계로 나는 VR을 하지 않고 친구들, 그리고 다른 사람들이 노는 모습을 물끄러미 구경했다. 영화 속 사이보그를 떠오르게 만드는 헤드기어를 장착하고 아무것도 없는 허공에 두 팔을 허우적거리는 모습이 망측하기 그지없었다. 가만히 있는 내가 다 민망하고 부끄러웠다. 방 탈출도 같은 이유로 싫어하는 편이다. 처음부터 끝까지 자연스러움이라고는 없는, 테마와 컨셉으로 가득한 이야기를 따라가야 하는 것이 못내 민망했다. 또한 탈출을 실패했을 때 겪을 그 무안함이란…. 생각해보니 어릴 때도 친구들과 오락실을 가는 것이 어색해서 견딜 수가 없었고 게임을 좋아하는 애인을 사귀었을 때에는 PC방 데이트를 하기까지 큰 결심이 필요했다. 몸과 마음이 '오락' 이라는 행위에 일종의 반발심을 가지고 있는 것처럼.

오락의 사전적 의미는 '쉬는 시간에 여러 가지 방법으로 기분을 즐겁게 하는 일'이다. 나라고 해서 즐겁고 싶은 마음이 없는 건 아닐 텐데 그 마음을 철저히 외면해왔다. 오락을 하는 것은 한심한 일이라는 부모님의 가치관에 어긋나지 않기 위하여 또래가 즐기는 오락으로부터 스스로를 격리하며 차라리 '싫어하는' 포지션을 취하기로 한 것이다. 그러다보니 결국 내 안의 호모 루덴스(Homo Ludens), 즉 놀이하는 인간은 통제 속에서 제 근육을 마음껏 쓰지 못하고 퇴화하고 있었다.

그러나 사실, 가끔은 나도 어색함 없이 호탕하게 웃으며 즐거운 상황 자체를 즐기고 싶다. 즐거움을 즐기는 마음의 근육이 발달하지 않은 나에게 오락을 한다는 것은 일종의 도전이다. 눈을 딱 감고 거대한 뱀을 목에 두르거나, 번지점프를 하는 것과 같은 수준으로 느껴진달까. 다 꾸며놓은 거짓임을 알아도 흔쾌히 속아 넘어가면서 그 세계에 빠져들어 열심히 팔을 휘젓거나 방에서 탈출할 단서를 찾는 데에 열중하는 것. 그리고 거기에서 어디에도 거리낌 없는 즐거움을 느끼는 것. 진정으로 그렇게 행동하게 될 때에 짜릿한 자유의 쾌감이 느껴질 것만 같다.

친구들아, 같이 방 탈출게임 안한다고 너무 툴툴대진 마. 아직 걷지도 못하는 이 호모 루덴스를 데리고 장대높이뛰기를 하겠다는 거잖아. 걸음마부터 천천히 해보자. 언젠가 이 녀석이 단단한 근육을 가지고 무엇에도 거슬림 없이 훌쩍 허들을 넘게 되는 그날까지.

잿밥

나란 인간은 집에서는 도통 작업에 진전이 없다. 학생시절부터 그랬다. 공부를 시작하려고 책상에 앉으면 시야 한편에 걸리는 너저분한 방이 괜히 신경 쓰이기 시작한다. 그러면 한두 장 펼쳐보다 말고 청소를 시작한다. 평소에 아무렇게나 쌓아놨던 책들과 잡동사니가 왜 마침 공부를 하려니 그렇게 거슬리는지. 그렇게 뜬금없이 대청소가 시작되고, 몇 시간 후에야 녹초가 되어서 다시 책상 앞에 앉았다가 힘들다는 핑계로 슬쩍 눕는다. 그런 나의 패턴은 글쓰기에도 똑같이 적용되었다.

때문에 글을 제대로 쓰려고 마음을 먹으면 널찍하고 적당히 세련되었으면서도, 직원이 손님에게 관심이 없는 카페에 노트북을 들고 나가곤 한다. 카페에서 널브러져 있을 수는 없는 노릇이니까. 노트북은 음악 작업용으로 구매한 중고 맥북을 이용하고 있는데, 태어난 지 10년은 된 녀석이라 무게가 어마어마하다. 외출 준비를 한 뒤 노트북을 챙길 때면 늘 고민이 시작된다. 손으로 들고 다니기에는 너무 무겁다보니 파우치는 꿈도 못 꾸고 백팩에 넣어서 나가야 하는데, 오늘의 코디와 백팩이 영 안 어울리는 거다. 혹은 가고 싶은 카페가 너무 멀어 이 무거운 짐을 지고 가기가 꺼려진다거나. 노트북은 포기하고 노트와 펜을 챙겨볼까, 싶다가도 종이에 글을 쓰는 것이 괜히 쑥스러워서 이러지도 저러지도 못하고 시간만 보낸다. 그러다 시계를 보면 나가기로 마음먹은 시점으로부터 두 세 시간은 훌쩍 지나있다.

애초에 글을 쓰려고 시작한 것 아닌가? 도대체 무얼 주로 삼고 있는 거야? 염불에는 맘이 없고 잿밥에만 온통 맘을 뺏긴 격이로군. 집에서는 청소하느라 한 줄도 못쓰고, 나가려니 엉뚱한 원인들에 발목 잡히는 꼴이라니. 어쩐지 스스로가 한심해져 고개를 젓는다. 그러다가도 문득, 글을 쓰는 데에 있어 분위기와 마음가짐이 얼마나 중요한지 생각해본다. 비록 혼자서 밥을 먹더라도 정성스럽게 요리하고 예쁜 그릇에 담아내어 먹으면 그것만으로도 '꽤 괜찮은 삶을 살고 있다'고 느껴질 때가 있다.

이런 내 행동에 '어차피 입에 들어가면 다 섞일 거, 아무렇게나 담아서 먹으면 어때?' 하고 의문을 제기하는 친구도 있지만 이러한 행위는 자기 자신에게 좋은 것을 대접하는, 일종의 자기를 사랑해주는 방법 중 하나라고 생각한다. 그리고 그런 사소한 행동들은 생각보다 묵직한 만족감을 가져다준다.

덧붙여서 조금은 뻔뻔하게 변명 아닌 변명을 해보자면 내겐 글을 쓸 때에도 적당한 긴장감이 필요하다. 글을 조금 끼적거리다가 고양이의 안부를 묻거나, 냉장고를 한 번 열어본다거나 웹 서핑만 하게 되는 집보다는 카페에서 작업을 하고 있는 다른 사람들과 전문가의 카리스마를 풍기는 스태프들, 혹은 감각적인 디자인의 공간을 보면서 신선한 자극을 받는 것이다. 다들 열심히 사는구나. 나도 열심히 글을 써야지. 정도의 단순한 자극이라도 얻을 수 있고 운이 좋으면 그 날 그 카페에서 마주치는 순간으로 인해 그럴싸한 글감이 굴러들어오기도 한다. 그리고 나 자신에 대한 자신감을 얻을 수 있는 패션은 필수. 좋아하는 신발 하나만으로도 무어라도 해낼 수 있을 것만 같은 자기효능감을 올릴 수 있다. 진짜다. 믿고 한 번 해보시라. 아, 물론 전기도둑 혹은 너무 오랜 시간 매장에 앉아서 자리를 차지하고 있는 것은 금물이다.

그래, 염불 외는 맛이 나려면 잿밥이 좋아야지. 그렇게 인정해버리기로 했다. 나는 잿밥이 맛없으면 염불 욀 기분이 안 나는구나. 누구한테 말하기 좀 민망하면 어때, 그게 나인걸. 이렇게 작은 나의 취향을 아는 것만으로도 자신의 행복을 위해서 무얼 해야 하는지 서서히 가닥이 잡힌다. 나와 내가 사랑하는 사람들이 자신의 행복을 위해서는 조금 더 뻔뻔해질 수 있으면 좋겠다. 불당에 가서 오늘 밥은 뭐냐고 부끄러워 말고 물어볼 수 있기를. 자신의 평안과 기쁨을 챙기는 데에 인색하지 않기를. 그래서 더 행복해지기를. 진심으로 바란다.

방만 남겨 놔요

언제부턴가 우유가 들어간 커피를 마시면 속이 메스껍다. 이상하다, 뭘 잘못 먹지도 않았는데 왜 이러지, 하고 곰곰이 생각해보면 내가 먹은 것이라곤 커피뿐이었던 적이 종종 있는 것이다. 속이 불편한 이유가 우유와 커피 때문이라는 것을 알았을 때는 적잖이 낙담했다. 커피를 좋아하고, 그 중 카페라떼를 제일 좋아하는 나에게는 청천벽력 같은 사실이었다. 안 그래도 가장 좋아하던 모카가 어느 날부터 메슥거려서 라떼로 갈아탄 건데, 이 마저도 나와 맞지 않는다니. 너무한 거 아니야?

살다보면 많은 것이 이렇게 가혹하게 다가온다.

'너 이걸 좋아한다구? 하지만 넌 이걸 잘할 수 없는 몸이야.'

우유를 좋아하지만, 유당불내증을 가지고 태어났다거나 커피와 매운 음식을 좋아하지만, 집안 내력으로 위가 좋지 않다거나. 노래를 잘 부르고 싶은데 타고난 음치, 박치 혹은 어떠한 신체적 이유로 노래를 부르는 데에 어려움이 있다거나. 이러한 종류의 장애물은 얄궂게 누군가의 다리를 걸어 보기 좋게 넘어뜨리는데, 넘어져 씩씩대는 이는 사실상 그 누구도 탓할 수가 없다. 그저 타고난 듯이 그것을 잘 소화해내는 사람을 부러운 눈빛으로 바라보는 수밖엔.

내게는 음악과 글이 그렇게 다가온다. 언제나 욕심이 나지만 선천적으로 내 안의 예술가가 부족하여 잘 할 수 없는 것. 빛나는 재능을 가진 이들에게 분하도록 질투가 나는 것. 잘하고 싶고, 좋아하지만 막상 무대에서 내려온 뒤, 혹은 써놓은 글이 다른 이의 손에 넘겨질 때에 아쉬움만 커다랗게 남는 것. 그러다 보니 포기할까 싶은 순간도 불쑥 불쑥 찾아온다.

한번은 아르바이트하는 카페 사장님에게 그런 이야기를 한 적이 있었다. 내 안의 예술가가 사라진 것 같다고. 지키고 싶은데, 현실 앞에서 조금씩 놓게 된다고. 가만히 듣고 있던 사장님이 말했다.

"그 예술가의 방만 남겨 놔요. 그 방을 없애지만 않으면 되죠."

잠시 머리가 멍했다. 나는 늘 극단을 생각하려 했다. 누구에게나 인정받는 예술가가 되거나, 예술을 접거나. 최고가 될 수 없다면 의미가 없다고 생각하는 버릇이 1등이 아니면 부모님께 인정받지 못하던 어린 시절부터 무의식 속에 깊게 자리 잡은 탓인 듯하다. 하지만 사장님의 그 말은 음악이 나오면 몸을 들썩거리는 것. 순간순간 문장으로 된 단상들이 떠오르고 그것을 쓰고 싶은 욕구가 드는 것. 그것만으로도 충분하다고, 괜찮다고 말해주는 것 같았다.

오늘도 나는 카페에 가면 카운터 앞에서 잠시 메뉴판을 열정적으로 뜯어보다가 결국엔 라떼를 주문한다. 황홀한 첫 입에 미소 지었다가 결국 울렁거리는 속에 아차 싶지만, 다음에도 어김없이 또 라떼를 주문할 것이다. 우유와 에스프레소의 조합을 좋아하니까. 보드랍고 포근한 밀크폼을 사랑하니까. 결과물이 못내 아쉬워 한숨이 늘어도, 음악과 글을 좋아하니까.

잘하고 있는 걸까, 소질이 있는 걸까 스스로를 의심하게 되더라도 결국 그걸 하고 싶어 한다는 게 중요한 거다. 현실 앞에서 꿈을 접어두었더라도, 그 꿈이 자꾸 눈에 밟히는 건 당신이 그런 사람이란 뜻이니까. 그걸 좋아한다는 뜻이니까. 그러니까 그 방을 꽉꽉 닫아두지 말고, 불태우려 하지 말고. 그대로 남겨두자. 그것만으로도 충분하다. 외면하고 부정하지 말고 거기 있음을 가슴 뜨겁게 느끼면 된다. 언젠가 스르르 그 방에서 쉬어갈 나그네가 그대 안에 있으니.

외동 같다는 말

"지수 씨는 왠지 외동일 것 같아요. 엄마가 오냐오냐 키운 느낌?"

3개월간의 바리스타 수업이 끝나고 뒤풀이 자리에서 누군가 말했다. 다른 학생들도 고개를 끄덕거리는 눈치였다. 으레 '외동 같다'는 표현은 자기중심적인 사람을 두고 하기 마련이라 외동이 아닌 사람이 들으면 발끈하고, 그러한 의미를 내포한다는 점에서 외동이 들어도 발끈하는 말이다. 하지만 나는 덤덤

했다. 위로 3살 터울의 언니, 밑으로 5살 터울의 동생 사이에서 오냐오냐는커녕 전쟁같이 자랐으니 잘못 짚어도 한참 잘못 짚었다. 그 사실 여부를 떠나서 나를 자기중심적인 사람으로 봤다는 건데, 그게 묘하게 두근거리고 기분이 좋았다.

난생 처음이었다. 외동 같다는 이야기를 들은 것이. 고작 나를 몇 번 보았을 뿐인 그 사람은 왜 그렇게 생각했을까. 찬찬히 되짚어보니 수업이 계속되는 동안 나는 입실, 퇴실 시간을 칼같이 지켰다. 수업 시작을 5분 정도 앞두고 도착해서 수업을 듣다가 퇴실 시간이 되고도 다들 눈치를 보느라 쭈뼛거릴 때에 미련 없이 "수고하셨습니다." 한마디 던지고서 교실을 빠져나와 버렸다. 다른 수강생들에게도 굳이 말을 걸지 않았다. 정말 궁금한 것이 있거나 필요할 때에만 이야기를 나눴다. 강사가 수업 준비를 제대로 해오지 않아 발생한 문제에 대해서 모두 괜찮다며 멋쩍은 웃음을 지을 때도 나는 굳이 웃어주지 않았다. 그건 강사로서의 역할을 다하지 못한 거니까.

그간 나의 행동을 떠올려보자 그 수강생이 왜 그렇게 생각했는지 납득이 갔다. 창피했냐고? 아니. 뿌듯했다. 드디어 내가 다른 사람 눈치 보기를 그만두고 '나'로 살기 시작했다는 뜻이었으니.

기억이 시작되는 때부터 나는 착한아이 겸 모범생 콤플렉스가 있었다. 늘 우수해야 하고, 칭찬을 받아야 하고, 웃어른들께 밝아야 했다. 기분이 뚱해서도 안 됐고, 울어서도 안 됐다. 언니를 보필하고 동생을 야물딱지게 돌봐야 했다. 그래야만 부모님이 인정해줬다. 인정을 받고 싶어서, 칭찬을 받고 싶어서 작고 마른 나는 안쓰러울 만큼 늘 열심이었다. 하지만 한 번도 사랑받는다고는 느껴보지 못했다. 애정이 결핍된 칭찬은 사람을 강박적으로 만들었다.

그렇게 남의 눈치를 보면서 자라다보니 내가 어떤 사람인지는 중요하지 않았다. 오로지 내가 '되어야 하는' 사람에 초점을 맞추었다. 맞지 않는 틀에 꾸역꾸역 나를 밀어 넣었다. 웃어주어야 할 이유가 없는데도 웃고, 사교적인 성격도 아니면서 처음 보는 사람과 굳이 친해지려고 애썼다. 어색하게 웃고, 썰렁한 말만 내뱉는 나는 마치 투명인간 같았다. 아니, 너무나 선명하게 보이는데도 모두가 애써 외면하는 그런 사람. 모두의 귀에 정확하게 수신되었지만, 누구도 대꾸해주지 않는 나의 말이 허공에 미끄러질 때면 스스로가 희미하게 느껴졌다.

성적에 있어서는 더 강박적이었다. 시험 시즌이 되면 반 아이들의 명단을 쭉 나열해놓고 내가 이길 수 있는지 체크했다. 공부에 관심이 없는 친구들은 가뿐하게 쭉쭉 줄을 긋고서 공부를 좀 할 것 같은 친구들의 이름 옆에는 다음과 같이 적었다.

'나랑 비슷?'
'이길 수 있을 것 같음'
'얘는 넘사벽' 등등.

그렇게 내가 반에서 몇 등 쯤 할 것 같은지 가늠해보며 일희일비하곤 했다.

그러다 번아웃이 왔다. 고3 때였다. 1학기 중간고사였나, 반에서 1등을 하게 되어 뛸 듯이 기쁜 마음으로 부모님께 성적표를 보여드렸다. 그러자 아버지는 잠시 흐뭇한 미소를 짓더니 말씀하셨다.

"다음엔 전교 1등 하면 되겠네."

그때 내 안의 무언가가 와장창 무너졌다. 어린 시절에도 하루치 숙제를 다 해서 "공부 다 했어요."라고 하면 공부에 끝이 어딨냐며 다시 책상에 앉히던 아버지였다. 그래. 나는 그런 환경에서 자라왔었지. 내가 아무리 노력해서 무언가를 성취해내도 부모님은 다음을, 더 위를, 그 위를 원하실 것이란 생각에 힘이 풀렸다. 나는 영영 인정받을 수 없겠구나. 그런 생각이 들자 수학능력평가제도 자체에 반발심이 들었다. 초, 중, 고 도합 12년 동안 공부한 걸 단 한 번의 시험으로 평가한다고? 왜 과정은 중요하게 생각해주지 않는 거지?

그런 삐딱한 마음으로 수능을 잘 봤을 리 없었다. 첫 번째 시험 시간부터 '이따 밥 누구랑 먹지?' 따위의 생각이나 했으니. 재수를 권하는 부모님께 죽어도 싫다고 악을 쓰고서 성적에 맞춰 대학을 갔다. 친구들을 열심히 사귀려고는 하지 않았지만 그래도 남아있는 습관대로 헤헤거리며 열심히 허공에 말을 내뱉었다. 그러다 어느 날 학교 엘리베이터에서 마주친 동기가 나를 두고 비죽거리며 하는 말을 들었다.

"아직 살아있네."

그리고는 내가 들고 있던, 언니에게서 빌린 가방을 보고는 들으란 듯이 말했다.

"야, 저 메이커 싸냐? 왜 개나 소나 들고 다녀?"

그때 또 다른 무언가가 와장창 무너졌다. 첫 번째 것이 부모님의 기대에 부합하는 삶이었다면 이번 것은 다른 이들의 비위에 맞추는 삶이었다. 그런 행동이 나를 우스운 사람, 함부로 대해도 되는 사람으로 만들어 놓았다는 것을 깨달았다. 그 이후로 나는 착하게 사는 것을 그만두려고 무진 애를 썼다. 불필요한 웃음, 불필요한 친절, 불필요한 사과, 부당한 일에도 제대로 화내지 못하는 일 등등. 그런 것들을 버리는 연습을 하며 진짜 내가 원하는 삶을 조금씩 조금씩 알아갔다.

"저는요 조용한 게 좋고요. 먼저 다가가는 타입은 아니에요. 침묵이 그리 못 견딜 것 같진 않고요. 쓸데없는 호의는 네 거든 내 거든 좀 피곤해요. 선은 넘지 않으셨으면 좋겠어요. 미친 듯이 열정적인 것 보다는 은근하게 일렁이는 게 좋더라고요."

이런 것들을 알아내고 인정하기까지 참 오래 걸렸다. 실천에 옮기기까지도. 거의 평생이 걸린 느낌이다. 성격에 따른 혈액형 구분법을 믿는 사람으로부터 혹시 B형이냐는 소리를 듣거나 외동일 것 같다는 말을 듣기까지. 제법 자기중심적인 사람이 되기까지 28년이 걸린 것이다. 그렇게 되니 여태껏 내 삶을 꽉 막고 있던 것 같은 답답하고 우울한 무기력감에서 조금은 해방된 기분이었다. 나도 내 마음대로 행동할 수 있는 사람이구나. 남의 만족을 위해서 다른 이의 삶을 흉내 내느라 그렇게 힘들었던 거구나.

이러한 이유로 나는 외동 같다는 말이 훈장처럼 자랑스러웠다. 어딘가에 또 나처럼 자기 자신을 찾지 못하고 자괴감에 스스로를 괴롭히는 사람이 있다면 이 이야기로 일말의 용기를 얻었으면 좋겠다. '나답지 않다'고 느껴지는 일들은 다 내려놓으셔도 된다. 스스로를 미워하게 만드는 행동들은 당신의 기질과 맞지 않는 거다. 진짜로 하고 싶은 말을 하고 진짜로 하고 싶은 행동을 하길. 자기가 뭘 원하는지 선명하게 파악할 수 있기를. 그래서 당신도 언젠간 당당하게 행동한다는 의미의 '외동 같다'

는 말을 듣길. 그리고 그 말을 들었을 때에 상대방의 눈을 똑바로 쳐다보면서 이렇게 말할 수 있기를 바란다.

"그러게요. 제가 좀 남 눈치를 안보죠? 많이 연습한 거예요. 칭찬 감사합니다. 여러분도 조금은 편하게 사세요."

밑거름

언젠가 문학을 가르쳐 주시던 교수님이 그런 말을 한 적이 있지. 처절한 삶을 살아온 어느 어린 작가가 상을 받는 자리에서 이렇게 말했다고.

저는 언젠가 이 모든 역경이 제 글의 밑거름이 되리라 생각했습니다.

라고 말이야. 그런데 사실 그런 일들은 겪지 않았으면 좋았을 일인데 말이야. 우린 왜 그런 일을 훈장처럼 달고 글을 써야 하는 것일까. 영혼이 부서져본 적 있는 사람만이 활자 속으로 피난하기 때문일까.

도무지 속을 알 수 없는 깊은 눈을 가진 사람들이나 남들과는 조금 다른 방식으로 세상을 감각하는 듯이 보이는 이들은 저마다 조각난 영혼을 그러모으고 살까? 부서진 조각의 면면이 예리한 날이 되어 살갗을 찌르고 또 찔러서 참을 수 없다는 듯 무언가를 창조해내게 되는 것일까. 겪지 않았으면 좋았을 그 순간들을 태워 삶의 연료로 쓰는 것일까.

오늘도 꺼질 듯 위태롭게 휘청이는 그들은
자신만이 겪어본 상처, 그 벌어진 틈으로
새로운 세계를 쏟아내느라 이지러지는지도 모른다.

안부

내 소식을 궁금해하는 당신이 있어서
내 하루가 보잘것없지 않아요.

기일

바싹 마른 그 몸을 나무그루터기처럼 휙휙 돌리던데요. 손에 묵주를 감던데요. 과제가 한창일 때라 사망확인서를 떼 갔는데요. 괜찮다면서 손사래를 치던 교수의 눈빛이 선한데요. 울기나 했냐며 윽박지르는 소리를 들었는데요.

차가운 공장 같은 곳에서 명복을 빌었는데요. 초라한 화구를 열어보니 남아있는 게 얼마 없던데요. 아직도 뿌려주지 못했는데요. 이번에는 누구도 증명해주지 않아서 자꾸만 기억하느라 아직도 가깝게만 느껴지는데요.

문장을 기다리는 시간

활자를 아름답게 빚어내는 이들을 동경한 후로, 입으로든 글로써든 내가 뱉어낸 말이 정갈하고 아름답기를 바랐다. 하지만 원체 어색한 것을 견디지 못하는 사람이라 마음과는 달리 늘 주책을 부리기 일쑤였다. 그러다보면 말은 가벼워지고 천박해지고, 온갖 해괴하고 의미 없는 의성어만 늘어놓았다. 낚시를 하겠다고 나서서는 가만히 있지를 못하고 좀이 쑤셔서 소리를 지르고 뛰어다니는 꼴이었다.

그러다 불현듯 어떤 문장들이 날아들었다. 넋 놓고 있던 낚시 바늘에 묵직한 존재가 입을 꿴 것이다. 이러한 언어들은 온전한 형태를 갖추고 있었다. 머리부터 발끝까지. 시작부터 끝까지. 온전한 하나의 문장으로 찾아오는, 신의 계시 같은 것. 아무리 확고한 문장이어도 낚아채지 않으면 얼마가지 않아 유유히 바다로 사라져 버렸다. 나는 이것을 산채로 끌어올리려 힘껏 낚싯대를 당겼다. 형형히 타오르다가 사라지는 언어들. 그것이 꺼지기 전에 활자로 옮겨 담는 것이 중요했다.

산만하게 시계추처럼 흔들리던 몸을 차분히 하고 고요 속에서 기다렸다. 짙은 어둠 속에서 타오르는 노란 눈빛을 마주하려 눈에 힘을 바짝 주었다. 신성한 의식을 행하듯 예민하고 경건한 마음으로 문장을 기다리고, 노리고, 적기 시작했다.

문장은 자리를 깔고 기다린다고 해서 찾아오는 녀석이 아니었다. 지하철에서, 술자리에서, 홀로 걷는 퇴근길에서 우연히 걸려들었다. 때문에 언제든 긴장을 늦춰서는 안 됐다. 그물이든 작살이든 낚싯대이든 준비가 되어 있어야 했다. 벼리는 날. 깨어있는 정신. 생동하는 몸. 문장을 기다리는 시간이 곧 삶이 되었음을 알아차리기까지 그리 오래 걸리지 않았다. 언어가 문을 두드리는 순간을 경험해 본 자는 결코 마음 놓고 잠들 수 없다. 머리맡에 등불을 켜놓고 자는 삶. 문장이 찾아올세라 문을 비스듬히 열어놓는 삶을 산다.

끊임없이 돌아가는

마음을 다 줬다가 상처 받을까봐 한 발 물러나 있다고 했잖아. 아니야. 그냥 내 마음을 다 줄게. 그러니까 너도 물러나지 마. 헤어짐을 염두에 두지 마. 그냥 우리 마음껏 마음을 내어주면 안 될까. 네가 자꾸만 낯설어지는 게 싫어.

나는 쓰다듬는 걸 좋아하는 사람인데 너는 싫대. 그런 말을 들을 때 아, 어찌나 심장이 아픈지. 땅 깊은 줄 모르고 쑥 꺼지는 것 같은 느낌인지. 상처를 숨기려는 짐승처럼 몸을 웅크리고 서로를 빙빙 도는 일, 그만 하면 안 될까. 상처를 핥아주면 안 될까. 낑낑거리며 부둥켜안고 한바탕 울면 안 될까. 너의 맨살을 만지고 싶어. 아직도 겹겹이 두꺼운 껍질 속에 숨어 있는 것만 같아. 왜 벗겨도 벗겨도 그게 네가 아니래. 그러다보면 한 발 물러나게 돼. 너에게 마음을 다 줬다가는 상처를 받을까봐서. 응? 아니야. 그런 게 아니야. 헤어짐을 생각한다는 게 아니야.

…마음을 다 줬다가 상처받을까 봐 한 발 물러나 있다고 했잖아. 아니야. 그냥 내 마음을 다 줄게. 그러니까…

햇볕 드는 곳

너에게 해줄 수 있는 것이
내게도 겨우 생겼는데
너는 무엇이 급해
그리 빨리 떠나갔니

너의 머리칼에 담긴
해묵은 세월을 깎고
햇빛 같은 너의 낮잠을

길게 누워 함께하고파

네가 누워 있던 자리
아무것도 없어서 허탈하지
무덤 없는 영혼들은
어느 언덕에 누워 안식할까

너에게 해줄 수 있는 것이
내게도 겨우 생겼는데
너는 이곳에 없고
나는 너를 노래할게

영화를 처음 보던 날

처음 영화관에 갔던 날을 기억한다.

"동생 영화관 구경 한 번 시켜줘라."

아빠가 그렇게 말하면서 만 원짜리 두어 장을 쥐어주셨다. 그때 속으로 생각했다. 나도 영화관 한 번도 안 가봤는데.

어쨌든 16살이었던 언니와 13살의 나는 초등학교 2학년짜리 동생을 데리고 그 당시 파주 집에서 가장 가까웠던 일산의 영화관으로 갔다. 우리가 다 같이 볼 수 있던 영화는 전체관람가인 〈마다가스카〉라는 애니메이션. 구실은 동생을 위한 영화관 나들이였지만 들뜬 것은 나였다. 뭐 그리 대단한 스토리가 있는 것도 아니고 음악이 중요한 영화도 아니었지만 처음 경험해본 그 커다란 실버스크린에 꽉 들어찬 영상과 웅장하게 들려오는 돌비사운드는 가히 충격적이었다. 영화를 보는 내내 눈이 휘둥그레져서 '우와, 우와' 하던 기억이 난다. 촌사람이 따로 없었다.

하지만 그날은 '영화관'에 매력을 느낀 것이지 딱히 영화에 흥미를 느낀 것은 아니었다. 영화에 대한 인상은 단순한 오락 그 이상 그 이하도 아니었다. 시간 때우기. 생각 없이 팝콘을 씹으며 웃을 수 있는 여가활동. 딱 그 정도였다.

그로부터 4년 후. 고등학교 1학년이 된 나는 광화문을 걷다가 우연히, 지금은 사라진 스폰지 하우스라는 작은 독립 극장에 가게 되었다. 무슨 영화를 상영하는지도 모르고 그냥 들어간 것이라 비치된 포스터를 열심히 들여다보았다. 줄거리도 전혀 모른 채 포스터의 푸른빛과 일렁이는 물의 이미지에 이끌려 고른 영화는 크쥐시토프 키에슬로프스키 감독의 〈세 가지 색깔: 블루〉였다(지금 생각해보면 애초에 거길 왜 들어갔는지도 모르겠고, 영화도 착각해서 잘못 고른 것이니 그저 운명이었나 싶다).

그 영화는 여태까지 생각했던 영화의 개념을 완전히 전복시키는 작품이었다. 뒤통수를 얼얼하게 맞은 기분. 4년 전 처음으로 영화를 보았던 대형 멀티플렉스 영화관에 비하자면 열악한 시설이었지만 오히려 그런 분위기가 더욱 영화에 빠져들게 해주었다. 인간의 감정을 저렇게 면밀하고 섬세하게 표현하는 게 가능하구나. 시나리오 속에 존재할 뿐인 저 주인공에 감정이입을 해서 몇 번씩이나 심장이 쿵쿵 내려앉고, 가슴 저릿해질 수도 있구나. 영화라는 건 예술이구나.

블루를 만난 이후로 영화에 푹 빠지게 되었다. 이 시기에 가장 많은 영화를 탐닉했고 그로 인해 나를 이루는 중요한 감수성이 형성되었다고 생각한다. 좋아하는 영화감독이 생기고, 몇 가지 영화의 장면과 대사를 읊으며 취할 수 있게 되었고, 열렬히 응원하는 배우들이 생겼다. 시나리오를 습작하며 영화감독이 되겠다는 꿈까지 꾸었으나 뭐, 아시다시피 이루진 못했다. 대신 그 경험들은 (문예창작인 줄 알고 간)국문과에서 작문 위주로 수업을 골라 들으며 시, 소설, 시나리오, 에세이를 쓰는 데에 흥미를 붙이는 방향으로 연결되었다.

그렇게 내게 '처음으로 본 영화'는 〈마다가스카〉와 〈세 가지 색깔:블루〉로 기억된다. 영화관의 매력을 알게 해준 첫 영화. 그리고 영화가 예술임을 알려준 첫 영화. 그래서 결국 글을 쓰게 만든 주춧돌 중 하나가 된 경험. 이렇듯 무엇이든 '처음'으로 기억되는 경험은 종종 한 사람의 인생을 크게든 작게든 바꾸어놓는다.

어떻게 된 거냐면

일기장에 하루의 감정을 쏟아내곤 하던 아이는 시간이 지남에 따라 싸이월드, 블로그 등을 거쳐 SNS에 글을 끼적이기 시작했는데, 그 글들을 좋게 보신 출판사에서 감사하게도 출판제의를 주셨다. 언젠가는 책을 내고 싶다는 생각을 품고 지냈는데 그 기회가 너무나 빨리 찾아와서 어안이 벙벙했다.

내가 출판계약이라니. 현실감 없는 미팅과 계약이 이루어졌다. 후에 원고를 써서 보내드렸는데, 출판사 쪽에서는 이렇게 말씀하셨다.

그래서, 니가 누군데. 니가 누군지 얘기 좀 해봐.

음. 내가 누굴까. 나는 뭐하는 사람일까. 뭐하다, 어쩌다 지금 여기까지 왔지?

2013년에 밴드 '참깨와 솜사탕'(참솜)의 첫 번째 EP 앨범 '속마음'으로 데뷔하여 지금까지 활동을 이어오고 있고, 대학은 언어감각이 조금 있다는 자부심으로 국문과를 가서 7년 만에 겨우 졸업했다. 그리고 지금 이렇게 책을 쓰고 있다.

그래서. 어떻게 된 거냐면.

기억을 더듬어보면 음악에 대해 '누구'의 '무슨 곡'이라는 것을 자발적으로 궁금해 하고 흥미롭게 들었던 첫 번째 곡은 아버지가 주말 아침 거실에서, 혹은 어딘가 놀러가던 차 안에서 종종 틀어놓곤 하시던 '리베라 합창단'의 'Salva Me'였다(그때의 나는 아마 유치원생이었을 거다. 그러니 아마 1997년도 버전을 들었을 것으로 추측한다). 리베라 합창단 하면 흔히들 알고 있는 '상투스'에 비해서 훨씬 긴장감 있는 리듬과 가요와 견주어도 손색없을 세련된 멜로디가 특징인 곡이었다. 듣고 있으면 어딘가 웅장해지고 무엇이든 해낼 수 있을 것 같은 그 음악을 들으면서 가슴 설레던 것이 나의 음악 사랑의 시작이었던 것 같다.

지금 생각해보면 아버지는 음악에 조예가 깊으셨던 것인지, 아니면 단순히 자녀들에게 자극적이지 않으면서 정서에 좋을 만한 음악을 들려주고 싶으셨던 것인지 모르겠지만 어쨌든 언니와 나, 남동생 이렇게 우리 3남매는 리베라나 빈소년 합창단이 부르는 성가와 정지용 시인의 '향수'를 가지고 만든 가곡 등을 위주로 들으며 자랐다. 그때 아버지가 이용하셨던 뮤직 플레이어에는 웬 눈을 반만 뜬 시니컬한 표정의 양이 음악의 파형에 맞추어 몸을 흔들고 가끔 혀를 빼물거나 목을 비둘기처럼 들썩거리곤 했는데, 나는 가족들이 과일을 두고 도란도란 모여 앉은 저녁이나 나들이 날에 그것을 우스꽝스럽게 흉내 내며 웃음을 자아냈던 기억이 난다.

어쨌든 그러한 아버지의 훌리한 성가대 선곡에 슬슬 질려가던 초등학교 3학년 즈음, 나보다 3살 위였던 언니가 '에이브릴 라빈'과 '린킨 파크'를 듣기 시작했다.

와씨!

처음 들어보는 신선한 음악이었다. 훌리한 음악만 듣던 내게는 너무나도 생소했던 강렬한 일렉기타 소리와 가슴 안에서 공명하는 듯한 드럼소리. 그리고 당시의 나로서는 난생 처음 보는 펑크스타일 옷차림을 하고 스케이드 보드를 타는, 자유분방한 에이브릴 라빈의 모습과 소나기처럼 시원하게 쏟아 붓는 체스터의 보컬은 나를 주체할 수 없을 정도로 떨리는 흥분으로 몰아넣었다. 매일매일 그들의 음악을 듣고 모든 가사를 따라 불렀다. 그러다 가사의 뜻을 알고 싶어 블로그에 올라온 가사 해석을 보다가 그 블로거가 올린 다른 펑크밴드인 SUM41를 알게 되고, 에이브릴이 함께 합동무대를 꾸민 메탈리카를 알게 되고, 펑크 락이란 무엇인가 검색하다가 당시 펑크밴드의 최고봉이라고 할 수 있던 그린데이에 빠져들게 되고, 그린데이가 커버한 존 레논의 'working class hero'를 들으면서 비틀즈를 알게 되고……. 그런 식으로 점점 누가 선이나 후냐 따위는 상관없이 밴드 음악을 포식하기 시작했다. 알면 알수록 재미있었다. 온몸이 짜릿할 만큼 좋은 음악과 뮤지션들이 넘쳐난다는 사실을 새롭게 발견했다.

펑크락과 뉴 메탈 밴드로 입문을 한 터라 내가 듣는 음악은 점점 더 거칠어졌다. 오지 오스본, 오텝, 마릴린 맨슨까지. 그런 음악이 내게 미칠 영향을 걱정했던 신실한 천주교 신자인 아버지는 이렇게 말했다.

"너, 그거 밴드음악, 그거 악마의 음악이야."

시끄러운 음악을 들을 때면 그렇게 일갈하던 아버지의 비위 맞추기 용으로 듣는 척이라도 해볼까 하고 들었던 것이 라디오헤드였다. 브릿팝이 잔잔하고 좋다던데, 하고 라디오헤드의 음악을 왕창 찾아두고 플레이한 첫 곡은 'Killer Cars'였다. 첫 감상은… 어……

안 들렸다.

듣던 음악들이 워낙에 시끄러운 음악이다 보니, 같은 볼륨으로는 라디오헤드의 음악은 잘 들리지도 않았던 것이다. 그래서 '에이 뭐야, 시시해.' 하고 더 이상 안 들었던 기억이 난다. 그렇게 한참을 더 메탈에 빠져 있다가 어느 날 미처 건너뛰기를 하지 못하고 재생목록에 꿔다놓은 보릿자루처럼 끼어있던 라디오헤드의 'Fake Plastic Trees'와 'No Surprises'를 온전히 들어버렸다. 그리고 나는 라디오헤드에 빠져버렸다.

그렇게 라디오헤드, 오아시스, 뮤즈, 콜드플레이, 킨 등 얼터너티브 브릿 락을 듣게 되고 비슷한 감성의 너바나, 라디오헤드와 같은 시기에 활동한 비요크나 시규어 로스 등을 차례차례 알게 되었다. 강렬한 메탈을 들을 때와는 다르게, 뭔가 '나도 해보고 싶다'는 열망이 강렬하게 고개를 들었다. 그 전에는 그냥 듣는 것만으로도 만족이 됐는데, 이제는 나도 저런 걸 해보고 싶어진 거다. 할 수 있을 것만 같은 느낌이 들었다.

그러다 강렬한 도화선 역할을 한 것은.

흑백 화면에서 두 남녀가 마주보고 서로 주거니 받거니 노래를 부르는 영상. 보여도 상관없다는 듯 깔린 카메라 트랙 위에서 카메라가 빙빙 돌며 두 사람의 모습을 담고, 가운데에서는 첼로가 연주되고 있었다. 남자 가수의 목소리와 여자 가수의 목소리가 서글픈 듯 조화롭게 어우러졌다. 해당 영상은 Damien Rice의 Volcano 라이브 클립. 그때 내가 할 수 있는 음악은 저런 것이란 생각이 들었다. 그리고 홀린 듯 뮬[1]로 들어갔다. '여자 보컬'이라는 키워드로 검색을 했고 여자 보컬을 구인하는 네다섯 개 밴드에 연락을 했다.

그렇게 나는 고등학교 1학년 때에 '참솜'멤버들을 만나게 되었다.

---

[1] 중고 악기거래 사이트로 유명하지만 밴드 구인/구직 게시판도 존재해서 여기에서 밴드 멤버 모집도 이루어지곤 했다.

진짜 삶을 꿈꾸는 당신에게 부치는 편지

나는 왜 다른 삶의 기회가 있을 거라 생각했을까. 지금의 삶이 아닌, 이상에 조금 더 가까운 '진짜' 삶이 있을 거란 망상을 곧잘 하곤 했다. 그 삶에서는 친척들과 아주 가깝다. 이모들에게 잔뜩 사랑을 받고 사촌 언니오빠들과 영화도 보러 다닌다. 할머니 할아버지에게 안겨 스스럼없이 애교도 부린다. 부모님은 인자하시고 사랑이 넘치시며 매주 멋진 식당에서 외식을 시켜주신다. 친구들 사이에서는 늘 인기 있다. 그들은 애정 어린 시선으로 나를 담은 사진을 보내주고, 종종 담백한 애정을 담은 사랑스러운 편지를 보내준다. 애인은 자상하고 듬직하다. 화를 내는 법이 없고 언제나 부드러운 입맞춤과 함께 머리칼을 쓸어준다. 나는 그에게 안겨 평화롭고 고요한 안정을 찾는다.

하지만 정작 외가, 친가의 조부모님이 모두 돌아가시도록 한 번도 살가운 말을 건네지 못하고 이모에게 안부 전화를 하라는 엄마의 말에도 쭈뼛쭈뼛 한참동안 통화 버튼을 누르지 못하는 것이 나의 삶이었다.

단 한 번, 외할머니가 돌아가시기 2년 전 명절에, 나는 그 삶을 아주 잠깐 살았다. 외가댁에서 다시 집으로 돌아가려던 찰나 엄마는 무언가를 두고 왔으니 올라가서 가져오라는 심부름을 시켰다. 방금 전까지 이모와 사촌들, 조카들로 복작거리던 집은 무색한 고요에 잠겨 있었다. 외할머니는 이미 엄마가 두고 간 것에 더해 이런저런 음식까지 챙겨놓고 미리 준비해놓고 계셨다.

이, 그려. 윤미가 이거 놓고 갔지? 이, 어여 가.

일곱 남매를 키워 내느라 손이 큰 외할머니는 넷째 딸네 주려고 싸두신 묵직한 봉투를 건네셨다. 그것을 받아들고 신발을 신다 말고 무슨 마음이었는지 다시 들어가 할머니를 한 번 안아드렸다. 내 기억이 시작된 이후로 아마도 처음 안아드리는 것 같았다. 괜히 서글서글한 척 할머니, 다음에 또 올게요, 그런 말도 했던 것 같다. 외할머니는 어색하셨는지 별다른 말씀이 없으셨다. 우리 가족은 다 그랬다. 뭐든 서먹서먹하고 무뚝뚝하고. 그게 나와 외할머니의 처음이자 마지막 포옹이었다.

스무 살이 되면, 삼십대가 되면, 어른이 되면 꿈꾸던 삶을 이뤄낼 수 있으리라 믿어왔다. 그때쯤이면 내가 꽤 괜찮은 사람이 되어 있을 줄 알았다. 그러나 만남과 이별을 거듭할수록, 삶이 다양한 선택지를 들이밀고 그에 따라 얼얼하게 뒤통수를 후려칠수록 나는 생각보다 괜찮은 인간이 아니라는 것만 뼈저리게 깨달았다. 이제 당신은 고아라며 둥글게 등을 말고 슬픈 짐승처럼 몇 달을 울던 엄마의 흰 머리가 유독 반짝거렸을 때, 절대 아프지 않을 것 같던 아빠가 먹어야 할 약이 식탁에 수북이 쌓였을 때 비로소 '진짜' 삶 따위는 다른 곳에 있지 않다는 것을 깨달았다. 늘 틱틱거리고 마음 깊은 곳에서 밀어내기만 바빴는데 부모님은 걷잡을 수 없이 늙어가고 있는 것이 내가 뜨겁게 살고 있는 삶이었다. 친구들에게 편지를 써주지 않는 것은 나였으며 완벽한 애인 따위는 없었다.

크리스토퍼 놀란 감독의 영화 〈인셉션〉에는 꿈속의 삶을 진짜라고 믿어버려서 현실의 삶을 포기한 이들이 그려진다. 나도 그런 심보가 아니었을까. 곁에 실존하는 사람들을 위해 무엇도 노력하지 않으면서 피안(彼岸)에서는 그들과 더없이 각별한 사이로 지낼 수 있다고 믿는. 종이 한 장 넘기듯이 쉽게 쓱, 언제든 피안으로 가닿을 수 있다고 생각했다. 존재하지 않는 그곳을 꿈꾸느라 차안(此岸)에는 관심이 없었다. 이런 생각을 하고 사는 인간이 있다니 한심하겠지만, 생각보다 이렇게 사는 사람이 꽤 많은 듯하다.

그러니 지금의 삶을 부정하고 꿈같은 진짜 삶이 있을 거라 믿는 사람이 있다면, 꿈 깨시라. 그 이상적인 삶은 결국 당신이 살고 있는 삶 위에 세워져야 하니까. '진짜' 삶은 그대의 구구절절한 아픔 그 자체이며 그것을 치유해나가는 것이 곧 생(生)의 전개이다. 그러니 현실에서 도망치지 말기를, 현실이 제안한 기회를 붙잡고 원하는 방향으로 끌고나갈 용기를 내시길. 당신의 심정을 아는 사람으로서 감히 바란다.

3장

시시하고도 구체적인 위로

비정상

그는 내게 정상적인 일을 하라고 했다.

저기요. 그럼 내가 하는 일은 비정상적이야?

노래하고 글 쓰고, 때때로 무대에 오르고, 낮에는 커피를 내리고 밤에는 치킨 상자를 접으며 살아가는 모든 이들의 삶은 지극히 정상적이다. 정상과 비정상을 나누는 옹졸한 시선에 다치지 말기를. 혹여 내가 비정상인 걸까 하는 자괴감에 스스로를 짓누르지 말기를. 그대들의 삶을 통해 비정상이 정상의 궤도로 올라갈 것이니.

꽃을 선물하는 연인

다른 사람들의 연애를 보고 가슴이 설렌 경험은 처음이었다. 아마도 그 이유는 내가 그들과 아는 사이이기 때문이며, 그들이 보여준 모습이 내가 이상적이라고 생각하는 연인의 모습이기 때문일 것이다.

우리는 모임을 통해 5년을 알고 지낸 사이고, 그간 서로의 연애사는 굳이 캐묻지 않되 오가는 대화 속에서 자연스럽게 알고 있었다. 예전부터 닮은 점이 많았던 그들은 서로 깊게 교감했다. 책 읽는 것을 좋아했고, 사진기에 빛과 순간을 담는 것을 좋아했다. 하루의 끝에는 그날의 느낌과 생각을 글로 적어 놓곤 했고, 시간이 나면 그 둘은 모임의 누구에게도 알리지 않고 따로 만나기도 했다.

그렇게 5년이 지난 지금, 그 둘은 서로의 연인이 되었다. 서로의 뒷모습을 사랑하고, 서로의 손을 사랑하며, 서로에게 꽃을 선물한다. 자신의 애인이 걸어 들어간 풍경을 혼자 보기 아깝다는 듯 사진으로 정성스럽게 남긴다.

그들이 서로의 애인을 수줍게 알려왔던 그 날, 나는 헤어졌다. 진짜 사랑을 보고서 깨달았다. 우리는 사랑이 아니구나. 사랑인 줄 알고 서로를 괴롭히고 있었구나. 미안해, 미안. TV 전원이라도 끈 듯이, 그렇게 헤어졌다. 꺼진 TV에 비친 내 모습을 멍하게 바라본다. 나와 맞는 주파수를 찾을 수 있을까. 있기는 할까? 다시 또 어떻게 사랑을 해. 사랑이 무엇인 줄도 모르는데. 외려 더 두려워진다. 여태 연애의 감각을 버리지 않아 진짜 사랑이 와도 모든 걸 엉망으로 만들어 버릴까봐서. 나의 풍경에 누가 걸어 들어올까. 마른 모래가 버석거리는 풍경. 홀로 웅크린 야윈 짐승 같은 풍경. 혼자 살아도 괜찮은 인간이 되는 편이 더 빠르지 않을까. TV에 비친 얼굴에 씁쓸한 웃음이 번진다.

반송

어떤 사람들은 마음이 참 쉽구나.

내어주었던 마음은 고스란히 다시 내 두 손에 담겨있다. 영문을 몰라 어리둥절한 눈으로 나를 바라본다. 미안해, 그 눈망울을 쓰다듬는다. 갈 곳 없는 거, 알아. 이제 그냥 나랑 잘 지내보자. 그렇게 달래고서 눈물이 터지지 않게. 와르르 무너지지 않도록 조심조심 외줄타기.

뿔

나는 당신의 비탈길을
열심히 닦곤 했는데
오르고 올라도 도무지
평지가 등장하질 않더군요

어제의 나라면
언젠간, 언젠간, 하며
다시 이마를 훔쳤을 텐데

간밤의 우체통보다 차갑게 식은 몸이
제자리에서 움직이질 않더군요
본능처럼

그래서 썰매를 타며 내려와 버렸습니다
경사진 것이
썰매타기에 딱 좋더군요
오른 이가 있긴 합니까, 정상에?
아니, 있긴 합니까 정상이?

비탈길을 내려와 터덜터덜 돌아가며
거꾸로 융기해버린 당신의 뿔을 생각합니다
속이 뜨겁도록 탐냈던 뿔
당신의 찬란한 자화상이었던 뿔
인간에겐 뿔이 없다는 사실을 왜 그땐 몰랐을까요.

타이밍

'사랑은 타이밍이다'라는 말을 어디서 주워듣고는 꽤 멋져 보여 미니홈피 대문글로 장식했던 적이 있었다. 사랑이라곤 눈곱만큼도 모르던 중학생 시절에 말이다. 그로부터 십여 년은 훌쩍 지난 지금의 나는 늦은 새벽, 휴대전화에 찍혀있는 옛 짝사랑의 문자를 안쓰럽게 바라보며 인생사 모든 것이 타이밍이라 생각한다. 타이밍. 그 지독한 타이밍.

사람과 사람의 마음이 같은 시점에 통한다는 것은 원하는 직장에 취업하는 것만큼이나, 아니 어쩌면 그보다 더 어려운 일인 것 같다. 그래서 인연이라는 말이 있는 거겠지. 내가 관심을 보일 때에는 나를 밀어내던 사람이, 그를 까맣게 잊고 살아가던 어느 날 불쑥 나타난다. '생각해봤는데 네가 괜찮은 사람인 것 같아서 말이야', 그런 뉘앙스를 풍기면서. 피식 웃음이 나온다. 한때 호감을 느꼈던 사람이니 갑작스러운 연락에 마음이 동하긴 하지만, 곱씹어볼수록 괘씸하기 그지없다. 이제야 내가 좀 궁금해졌니? 내가 아직도 너를 좋아할 거라고 생각했나봐?

썸씽에서 사귀기까지 2주를 넘기지 말란 이야기가 있다. 2주라니, 너무 빠른 거 아니야? 그렇게 생각했지만 내가 적극적으로 관심을 보인 지 2주가 넘도록 관계가 발전되지 못하고 애매하게 연락이 지속된 경우 대체로 2가지 문제가 발생했다. 첫 번째, 그냥 친구가 된다거나, 두 번째, 그 사람의 단점이 드러난다는 것이었다. 첫 번째는 그렇다 치더라도 두 번째의 경우는 친구로 남기조차 어려웠다. 왜? 알고 보니 생각보다 별로인 사람이니까. 서로를 충분히 알지 못한 채 연인이 되면 후에 상대의 단점을 하나 둘 알게 되어도 어느 정도 조율해나가려고 한다. 하지만 시작하기도 전에 상대에게 어떠한 문제가 있다고 느껴지면 오히려 이 사람이랑 만나면 안 되겠다는 생각이 더 커진다.

그렇게 애매한 반응으로 간만 보던, 소위 어장관리를 하던 사람들은 결국 스스로 단점을 내보였고 내게는 비호감이 되었다. 그 덕에 깔끔히 마음을 접고 잘 살아가고 있는데 스멀스멀 다시 연락해오는 것을 보니 괜히 괘씸하고 안쓰럽다. 난 이제 너에게 관심이 없는데 어쩌니. 아니, 너를 별로 좋은 사람이라고 생각하지도 않는데 어떡하니. 물론 나 또한 누군가에게는 그런 기억으로 남아 있을 테지. 타이밍은 놓친 사람이 후회하는 법이니까.

한편 마음이 통해도 타이밍이 맞지 않는 경우도 있다. 연애에 쏟을 여력도 없이 전력 질주해야 하는 인생의 중요한 터닝포인트에 나타난 매력적인 사람이 그렇다. 같은 맥락에서, 대단히 끌리는 사람이 아니더라도, 결혼할 조건이 갖춰진 시기에 나타난 사람과 결혼하게 되는 경우가 의외로 많다는 것을 처음 알게 되었을 때도 꽤 충격적이었다. 타이밍. 그 지독한 타이밍!

예전에는 낭만적인 만남을 꿈꿔왔는데, 이제는 그저 '지금'의 나와 이성(性)적 주파수가 오가는 사람을 만나보는 것도 나쁘지 않겠단 생각이 든다. 서로에게 끌린다는 것을 인정하고, 만나보고, 아니면 제자리로 돌아가면 된다. 지나온 삶에서 운명 따위는 좀처럼 모습을 드러내지 않았고 중요한 것은 타이밍이었을 뿐이니. 그러니 누구든, 좋아하는 감정 앞에서 고민하고 있다면 그냥 타이밍을 잡으라고 말해주고 싶다.(물론 그게 나쁜 짓이 아니라는 전제 하에.) 그 감정도 1년 365일 내내 찾아오는 것이 아니니까. 이게 진짜 사랑일까, 정말 좋아하는 게 맞을까, 진짜 괜찮은 사람이 맞는 걸까 구구절절 따지고 들다가 타이밍을 놓치지 말기를. 밑져야 본전이다.

성당

모태신앙이었던 나는 어린 시절엔 부모님을 따라 성당을 다녔지만 머리가 큰 뒤로는 무교를 지향했다. 신의 존재는 믿지만 교리라는 것은 도무지 받아들일 수가 없었다. 수천 년 전 존재했던 어떤 문화 속 어떤 계층의 인간들의 필요에 의해 만들어진 규율에는 반발심만이 자라났다.

언제나 억압에서의 해방을 꿈꾸던, 불만 많은 20대가 된 나는 홀로 훌쩍 유럽 여행을 떠났다. 유럽에 대해서 전혀 알지도 못할 뿐더러 해외여행 자체가 처음이었던 터라 막상 도착하니 어디를 가야할지 막막했다. 상상했던 것보다 훨씬 낯선 신호체계, 언어, 문화, 건물과 사람들 사이에서 혼란스럽고 불안했다. 그런 내게 유일하게 안도감을 주는 것은 아이러니하게도 성당이었다. 어린 시절부터 봐왔던 성당. 성당은 어느 나라를 가나 똑같은 수순으로 미사를 진행한다던 말이 생각났다. 낯선 땅이라도 그곳에서라면 나도 편안한 마음으로 익숙한 시간을 보낼 수 있을 것 같았다.

첫 방문지였던 런던에서 세인트폴 성당을 찾았다. 런던을 떠나기 하루 전이었다. 경건한 마음으로 성당을 찾았는데 입구의 모습이 심상치 않았다. 어딜 가나 즐비하던 관광객들은 보이질 않고 경비원 두 사람이 입구를 통제하고 있었다. 다가가서 물어보니, 공사 중이라 현재는 입장할 수 없다고 했다. 아뿔싸.

귀한 여행 중 하루 일정이 꼬이고 입장권 가격까지 날리고 나니 괜한 오기가 생겼다. 그 후로 가게 되는 도시 마다 꼭 성당을 들렀다. 유명한 성당을 부러 찾아가기도 하고, 숙소 주변을 돌아다니다가 눈에 띄는 이름 모를 작은 성당에도 들어갔다. 부모님을 따라 다닐 때에는 그렇게 가기 싫던 성당이 낯선 도시에서는 반가운 마음의 안식처였다. 그러나 딱히 미사에 참례하지는 않았다. 어딜 가나 똑같다던 말대로 미사가 진행되는 목소리의 투도 똑같았다. 잠이 안 오고는 못 배길 그 자장가 같은 나른한 목소리와 힘없는 아멘 소리, 적당히 느린 BPM의 성

가. 내겐 그 시간이 너무도 지루했다. 때문에 나는 미사 드리는 사람들을 배경으로 두고 건축양식과 조각상들, 미술작품들을 구경하며 한가로이 시간을 보냈다. 괜히 성물방에 들어가 엄마에게 줄 묵주를 고르기도 했다.

그때 만나던 애인과 처음으로 크게 다툰 곳도 성당이었다. 가우디 성당이라고도 불리는 스페인의 사그라다 파밀리아. 고요함이나 엄숙함과는 거리가 먼, 처음 보는 분위기의 성당이었다. 따뜻함과 위트를 가진 건축가가 신에 대한 경외로 성전을 짓는다면 이렇게 되는 것일까. 부드러운 빛깔의 스테인글라스로 부서져 들어오던 햇빛. 그 눈부신 광경 속에서 처음으로 싸우며 걸었다. 그렇게 성당은 내 유럽 여행에서 가장 중요한 관광지이자 안식처, 추억이 서린 곳이 되었다.

한국에 돌아온 뒤로는 물론 한 번도 성당에 가질 않았다. 그래도 가끔씩 길을 지나다가 성당의 지붕을 쳐다보며, 두 팔을 벌리고 있는 성모 마리아상을 보며 언젠가 삶 자체가 낯설어지고 안식처가 필요한 때가 오거든 나는 저 곳으로 가겠구나, 하고 예감한다. 스위스에서 보았던, 손을 꼭 잡고 성지순례를 하는 듯이 보이던 노부부를 떠올린다. 많은 것을 떠나보내고 새로이 맞이하기를 여러 해 반복했을 먼 훗날, 미사 참례보다는 성전에 담겨 있고 싶은 마음을 가진 늙은 내가 성당에 고요히 담겨 있을 것이다.

나의 커피 일대기

아침에 일어나면 습관처럼 커피를 찾는다. 집에서 인스턴트 커피를 먹거나 핸드 드립을 내려먹고는 나가서 또 커피를 마신다. 머신으로 내린 에스프레소 음료를 마셔줘야 제대로 카페인 섭취를 했다는 안도감이 들기 때문에.

퀭한 얼굴로 카페에 들어와 저마다 커피 한잔씩 들고 나서는 사람들을 보면서 어쩌면 우리는 모두 커피에 빚지고 살아가는 것일지도 모른다는 생각이 든다.

내가 어떻게 커피를 마시게 되었으며 어떤 커피를 선호하는지에 대해서는 꽤 구체적으로 서술할 수 있다. 먼저, 처음 커피를 맛 본 것은 고3 때. 수능이 끝난 직후였다. 축사와 논밭으로 둘러싸인 곳에서 학창시절을 보낸 나와 친구들은 퍽 순진무구한 학생들이었다. 캔모아라는 이름의 빙수 가게를 가는 것 말고는 제대로 된 카페를 가본 적도 없었다. 그런 우리가 수능을 마쳤으니 이제는 어른들 흉내를 좀 내보자며 간 곳이 고작 카페였다. 막상 들어가 보니 용돈이라고는 버스비 정도가 전부였던 우리에겐 커피가 너무 비쌌다. 아메리카노가 뭐고 라떼가 뭔지도 그때는 몰랐다. 빼곡한 메뉴판 앞에서 한참을 진땀 빼다가 제일 저렴한 메뉴를 찾아 뱉은 말은 이거였다.

"에스프레소 하나랑, 꼰빠냐 하나 주세요."

잠시 후 음료를 받아들고는 당황했다. 그 카페의 이름이 마침 '7그램'이어서, 여긴 커피를 7그램만 줘서 이름이 그런가보다 하고 구시렁댔다. 정말로 그렇게 생각했다. 혹시 이 카페가 우리에게 장난을 치는 게 아닌가 싶어 문제의 '꼰빠냐'를 검색해보기까지 했다. 꼰빠냐. 에스프레소에 휘핑크림을 얹어주는 메뉴. 맞네?

포털 사이트가 친절하게 제공해준 음료의 이미지가 눈앞의 것과 100% 일치하자 의심은 사라지고 우리가 시킨 메뉴의 정체를 알게 되었다. 에스프레소가 말하자면 커피의 원액이고, 꼰빠냐처럼 여기에 생크림을 얹는 등 다양한 베리에이션을 통해 다른 음료가 탄생한다는 것을 알게 된 셈이었다.

그 후 커피 음료를 조금씩 시도해보다가 카페 모카에 완전히 꽂혀버렸다. 안 그래도 초콜릿을 좋아하는데 초콜릿이 들어간 커피라니. 싫어할 수가 없는 맛이었다. 웬만하면 늘 카페 모카를 먹다가, 칼로리 때문에 죄책감이 들거나 모카 특유의 텁텁한 맛이 싫을 때만 잠깐잠깐 카페 라떼를 먹었다.

한창 참솜의 두 번째 EP 앨범 [마음 거리]를 녹음하던 겨울이었다. 커피를 사러 녹음실 근처의 카페에 갔다. 그 날은 왠지 모카를 마시고 싶지 않아서 따뜻한 카페 라떼를 시켰다. 녹음실로 들어와 한 모금 마시는데, 눈이 번쩍 뜨였다. 부드럽게 입 안 가득 퍼지는, 완벽한 밀크폼이었다. 그때부터는 또 따뜻한 라떼에 푹 빠져버렸다. 당시에는 스팀을 제대로 하는 카페가 생각보다 많지 않아서, 멀리 돌아가더라도 일부러 녹음실 근처 카페를 찾아가곤 했다. 라떼를 즐겨마신 지 5년이 넘었는데, 지금도 그 카페보다 맛있는 라떼는 먹어보질 못했다.

나만 그런 건지는 모르겠지만 시간이 지남에 따라 체질이 자꾸 변한다. 내가 제일 좋아하는 음료가 카페라떼라는 것을 주변사람들이 모두 알게 되었을 무렵, 갑자기 우유가 들어간 커피를 마시면 속이 메스꺼워졌다. 모카도, 라떼도 먹고 나면 텁텁

하고 울렁거려서 너무 힘들었다. 그래서 슬쩍 아메리카노를 마시기 시작했다. 처음엔 쓰기만하고 별 맛이 없어서 찾지 않았던 음료인데, 결국 체질에 따라 먹는 것도 타협하게 되었다. 깔끔했다. 속이 힘들지도, 입 안이 텁텁하지도 않았다. 그렇게 지금은 아메리카노를 주로 마시고 있다.

입맛과 체질은 변하지만 그렇다고 한 번 좋아했던 음료가 싫어지진 않는다. 내가 사랑했던 음료들. 추억이 서린 꼰빠냐. 부드러운 밀크폼. 별 거 아닌 듯 보이는 그 작은 음료 한잔 한잔에 나의 추억과 즐거움이 서려있다. 생각해보면 나는 늘 '마시고 있는 사람'이다. 호모 드링쿠스 쯤 되려나. 내일의 나는 또 어떤 커피를 찾게 될까. 또 어떤 커피에 애정을 붙이게 될까. 앞으로도 계속될 나의 커피 일대기. 아마 위가 망가져서 커피를 아예 못 마시게 되는 날이 올 때까지 계속될 것이다.

족발을 먹는 날이면 나는 조금 웃게 된다

가족들과 족발을 먹으면 꼭 나오는 이야기가 있다. 20년이 넘도록, 족발만 보면 엄마 아빠는 이 얘기를 꺼낸다.

"네가 그때 두 살 때인가 세 살 때인가. 이제 겨우 말하기 시작했을 때였을 거야. 너는 말이 빨랐거든. 쭈삼이 아저씨네가 우리 집에 놀러 와서 늦은 시간에 족발을 시켰어. 늬 언니는 졸리다고 벌써 자고 있었고. 너는 똘망똘망한 눈으로 안 자고 깨어 있었지. 족발이 이제 왔잖니? 쭈삼이네 아줌마가 이 왕 뼈를 너한테 쥐여준 거야. 쪼끄만 애기가 지 몸통만한 뼈다귀를 들고 있으니 얼마나 귀여워. 그래서 아줌마가, '아유, 우리 지수 안 자고 기다린 보람이 있네.' 그랬더니 그 쪼끄만 애가 아주 심각한 표정으로 한참을 갸우뚱거리더니 이러는 거야. 아줌마. 근데 보람이가 누구예요?"

여기까지 하고 나면 엄마는 한 번도 빠지지 않고 박장대소를 한다. 다른 가족들도 저마다 한마디씩 거드느라 시끄러워진다. 20년을 들어도 질리지 않는 이야기. 어린 시절의 유지수에 관한 재미있는 에피소드 중 베스트셀러.

엄마는 했던 얘기가 뭐가 그렇게 재밌다고 족발을 볼 때 마다 매번 그 이야기를 하나 싶었는데, 이제는 내가 그러고 있다. 너무 아득한 옛날이라 '나'라기보다는 먼 타인처럼 느껴지는 순수한 아이의 이야기가 꽤 귀여워서 말해주고 싶어진다. 기분 좋게 추억되는, 가족과 어른들에게 사랑 받던 어린 시절을 남 이야기하듯 하면서 스스로를 뻔뻔하게 예뻐해 줄 수도 있다.

족발을 먹게 되는 날이면 갑자기 피식 웃음이 난다. 그럼 마주앉은 사람이 왜 그러느냐고 묻고 나는 기다렸다는 듯이 슬쩍 운을 띄운다. 우리 가족들도 모두 어디 가서 족발을 먹거든 그 이야기를 꺼내겠지. 어린 시절의 나는 오늘도 어디선가 보람이가 누구냐고 묻고 있을지도 모르겠다. 족발이 올라온 식탁에서 나는 깜찍하고 발칙한 이 한 마디로 사랑받는다.

아줌마. 근데 보람이가 누구예요?

S에게

너는 왜 그렇게 사람을 못 버리니. 나였으면 나 같은 사람, 질렸을 거야. 아주 연을 끊어 버렸을 거라구. 많은 사람이 그렇게 했잖아. 그런데 너는 왜, 내가 그렇게 상처를 많이 줬는데도, 왜 여전히 나를 미워하지 않니.

초등학교 5학년 때에 처음 만난 우리. 왜였을까. 왜 너랑 나는 끌렸을까. 키가 컸던 나와 키가 작았던 너. 까무잡잡하고 여드름 많던 나와 하얗고 뽀얀 피부를 가진 너. 전혀 어울리는 무리가 아니었는데 우리는 죽이 참 잘 맞았어. 내가 하자는 건 뭐든 다 같이 해주고 좋아하는 것도, 잘하는 것도 많고, 세상과 문화에 대해서 잘 아는 네 모습에 나는 질투도 났지. 너를 미워한 건 그런 이유였나 봐. 너를 제멋대로 판단해버린 나 때문에 중학교 때 크게 틀어졌었잖아. 그때 나는 나대로 기분이 나빴고 너는 영문도 몰랐겠지. 나도 너처럼 마음을 다 꺼내놓는 사람이었다면 어땠을까. 그래서 우리가 내내 서로의 곁을 지켜줬더라면 어땠을까.

너는 계속해서 손을 내밀었어. 나는 꼬일 대로 꼬인 퉁명스러운 사람이었고. 먼저 사회로 뛰어든 네가, 낯선 타국에서 치열하게 살아가야 했던 네가 힘들다고 속내를 털어놓아도 결국 네 선택이라며 쌀쌀맞게 굴었어. 그때 너는 어떤 심정이었니. 의지하려 해도 자꾸만 뿌리치고 달아나는 나를 보며 너는 어떤 기분이었니.

결국 내가 얼마나 편협하고 모난 사람인지 깨닫고 슬그머니 너의 손을 잡았지. 너는 나무라지도 원망하지도 않았어. 그저 똑같이 대해줬어.

생각해보면 항상 네가 내게로 왔어. 어디에 있든. 내가 있던 파주로 네가 이사 오면서 이 모든 이야기가 시작됐고 일본에서 지내던 네가 한국에 오거든 나를 보러왔고, 내가 파리에 가 있을 때에도 네가 그리로 왔지.

나는 한 번도 네가 있는 곳으로 간 적이 없구나.

그러니까 지금 그리로 갈게. 바다가 부서지는 그곳으로. 네가 생의 의미를 곱씹어보고 있는 그곳으로. 하루에도 몇 번씩 꺾이는 무릎을 다잡으며 시간을 쫓아 달리는 네가 있는 곳으로.

설원으로

이번 겨울엔 눈이 좀 많이 왔으면 좋겠어. 비 때문에 못간 강릉을 겨울에 가도 좋겠다. 알잖니, 나. 눈이라면 사족을 못 쓰는 거.

눈이 허리춤까지 쌓이는 곳이라면 그게 어디든 가자. 아이슬란드도 좋고 일본의 삿포로도 좋아. 떠나기를 주저하던 곳이라도 이젠 그냥 갈래. 인간의 삶이라는 게 너무나도 유한하잖아. 뭐가 옳고 그른지 핏대를 세우는 것도 지쳤어. 우리, 서로에게

만큼은 아무 조건 없는 안식처가 되어 주면 안 될까. 설원 속 고요에 잠겨 있자. 혹시나 서로를 향한 아주 작은 미움이라도 있었다면 거기에 다 털어버리기로 해. 고요 속에는 그 어떤 미움도 없으니. 다 사라져 버릴 거야.

우리 둘 다 믿는 종교 따위는 없지만 고요한 오두막에서 잠시 합장을 해봐도 좋겠어. 초월적인 존재를 향해 우리가 여기에 왔다고 전하자. 알아, 그런 거 없다고 생각하는 거. 그냥 기분이나 내보자는 거야.

비가 많이 오네. 같이 빗소리 듣고 있으면 좋으련만. 아, 천둥도 친다. 나 천둥소리도 좋아해. 아득하게 먼 곳에서 구름끼리 살을 맞대는 소리. 무서우면서도 아늑하잖아. 음, 너한테 이렇게 이야기하고 있으면 참 같이 있고 싶어진단 말이지. 조만간 또 갈게. 우리 사이의 천둥도 좋아하거든. 구르릉 쾅쾅.

또 편지할게.
자주, 또 오래 나의 수신자가 되어 줘.

墨(묵)

내가 배설하는 것들이 모두 검정이라는 것을 깨달았을 때 소스라치게 놀라 다른 것을 쓰려고 안간힘을 썼다. 아름다운 것들을 써야지, 쓸모가 있는 것들을 써야지 그렇게 강박적으로 외면서. 그런데 기껏 아름다움을 흉내 낸 것 곳곳에 검댕이가 묻어나왔다. 어떤 미련처럼. 필연적으로 달라붙는 지문처럼. 애써 희망찬 소재로 시작한 글도 퇴고할 즈음이면 우울과 열등감이 한 귀퉁이에서 희끄무레하게 웃고 있었다.

그걸 괴로워하느라 오래 걸렸다. 검정 위에서 춤추는 것이 나의 기질이라는 것을 인정하면 됐는데, 밝은 것을 해야만 한다는 강박에 사로잡혀 있느라. 먹을 묻혀 휘두르는 것이 숙명인 붓을 들고서 '빨아도 빨아도 왜 자꾸 검정이 묻어 나와요?' 하고 우느라. 내게 글을 쓰게 만드는 재료는 먹(墨)이고 나의 붓은 그것을 촘촘히 빨아들여 주저 없이 써 내려가면 되는 것이었는데, 거기서 도망치려고 애를 썼다.

꼭 형형색색의 유화나 수채화가 아니어도 수묵화로도 그릴 수 있는 아름다움이 있다는 것을 천천히, 비로소 깨달았다. 서른이 되기 전에 깨달았다는 것에 안도해야 하나? 그래, 안도하기로 한다. 나는 대체로 가라앉아 있고 차분하고 나긋나긋한 사람이며 아주 들뜨거나 신날 수는 없지만 사람들 사이에서 적절히 균형을 잡아주는 역할을 한다는 것. 어느 쪽의 사람이 더 좋고 나쁘고 할 것도 없다는 것. 나만이 할 수 있는 나의 역할이 있다는 것.

내 인생이 살아온 날보다 살아갈 날이 더 많이 남았는지는 살아봐야 알겠지만 이제야 기질을 따라간다는 안도감이 든다. 나의 원동력은 먹과 같은 것. 그것을 인지하고 살아가려 한다.

다른 무엇도 아닌, 취향의 자유

"이번 주 일요일에 대청소 좀 할까요?"

셰어하우스 식구들이 모인 자리에서 불쑥 말했다. 다들 귀찮은 기색이 스치지만 이내 고개를 끄덕인다. 부모님의 집을 떠나 독립한 지 1년 차. 온전한 독립은 아니고 지인들과 함께 사는 셰어하우스이긴 하지만, 학교 기숙사에 비하자면 훨씬 자유도가 높은 서울 라이프가 시작된 것이다. 자유의 쾌재를 부르는 나를 보며 가뜩이나 청소도 안 하는 애가 과연 사람 꼴이나

하고 살까, 하고 걱정하시던 부모님은 내 입에서 저런 말이 나온다는 이야기에 깜짝 놀라서 눈을 끔뻑이신다. 네가? 스스로 청소를 한다고?

부모님 댁에 살 때는 청소하기가 그렇게 싫었다. 어지러운 게 좋다기보다는, 그냥 청소를 하고 싶은 마음 자체가 들지 않았다. 나의 의지와는 상관없이 살게 된 동네에 아주 어릴 적부터 부모님에 의해 꾸며진 방. 특히 왜 이렇게 생겼는지 도무지 이해가 가질 않던 컴퓨터 책상. 사용하는 사람의 신체가 어떻게 생겼는지 전혀 고려하지 않은 이상한 곡선의 상판과 컴퓨터를 사용할 때 다리는 어디에 두라는 건지 알 수 없는 구조. 책상 좀 바꿔주면 안되냐고 투정을 부려도 뭐든 보수적인 부모님은 끄떡없었다. 그럴만한 여유도 없으셨고. 성인이 된 나도 음악을 한다고 오랫동안 금전적 여유가 없었다. 그렇게 17년 정도 굳어진, 억눌림과 궁핍을 떠올리게 하는, 내 취향과는 상관없는 그 공간에는 딱히 애정이 가질 않았다. 게다가 마냥 쉬고 싶은 주말의 평화를 깨고 들려오는 청소하라는 잔소리. 정말이지 지긋지긋했다. 철없는 볼멘소리만 마음에 쌓여갔다. 여길 도대체 내가 왜 치워야 하냐고! 내가 원해서 쓰는 공간도 아니란 말야!

그러나 자취를 시작하면서 책상부터 의자, 전등과 매트리스 등을 나의 편의와 취향에 맞춰서 사게 되고, 같이 사는 식구들과 함께 상의를 거쳐 거실의 가구를 배치하는 등 내가 직접 이 공간을 꾸밀 수 있게 되니 자연스럽게 애정이 생겼다. 좋아하는 공간을 닦고 가꾸는 행위가 주는 위안과 만족감은 생각보다 대단했다. 기분에 따라 가구의 배치를 바꾸고 집을 청소하면서 흥얼거리는 나를 발견하고 속으로 신기해했다. 내가 이런 걸 좋아하는 사람이었구나, 하고 깨닫게 되는 순간이었다.

청소만큼이나 즉각적으로 기분을 좋게 해주는 것은 바로 턴테이블로 LP듣기. 부모님 댁에도 오래된 구식 턴테이블과 엄마, 아빠가 젊은 시절 모았을 대중 가수들의 LP판들이 빼곡했지만 그것들을 좋아하지는 않았다. 아무렇게나 방치된 LP에 안정적으로 판의 홈을 읽어낼 수 없을 정도로 닳아버린 턴테이블의 바늘을 올려놓으면 듣는 이의 머리털을 삐쭉 서게 만드는 기이한 소리가 흘러나왔다. 어릴 적 호기심에 얹어본 LP에서 공포영화에서나 나올법한 괴기한 소리를 듣고 난 이후로 한 번도 부모님의 턴테이블을 써본 적이 없었다. 그러나 지금의 나는 세련된 디자인으로 나온 포터블 턴테이블에 내가 좋아하는 재즈 LP를 틀어놓고 흥겨운 스텝을 밟는다. 타닥거리며 돌아가는 LP판의 따뜻한 음색이 집을 가득 채우면 그 순간만큼은 뉴올리언즈의 재즈바에 온 듯한 황홀한 기분에 휩싸인다. 이렇게 나를 기분 좋게 하는 것들은 분명 부모님 집에도 있던 것들인데 왜 이제야 사랑하게 된 것일까?

이것은 단순히 청소의 기쁨을 발견하거나 LP를 좋아하게끔 취향이 바뀐 것이 아니었다. 이는 '내가 하고 싶은 대로 할 수 있다는 기쁨'이었다. 나의 취향으로 나와 내 공간을 꾸미는 것. 좋아하는 동네에 살고, 좋아하는 취미생활을 하며 시간을 보내고 애정하는 사람들을 곁에 두는 것. 비로소 그렇게 할 수 있게 되었을 때에 나는 내가 무엇을 좋아하는지 알게 되었고, 그로 인해 '나다움'에 한 발 더 가까워진 것이다.

부모님과 함께 살던 나는 내가 무얼 좋아하는지 몰랐다. 부모님이 기대하던 '평범'하고도 '엘리트'스러운 삶이 버거워서 헐떡거렸다.

"그러게, 음악 좀 때려 치워라. 아르바이트? 정상적인 일 좀 해. 옷은 그게 또 뭐니? 너 그러고 다니니?"

방 문을 열고 쏟아지는 가시 돋친 말들. 내가 좋아하는 것들을 향한 비아냥이 은근히 배어 있는 그 말들은 자존감을 깎아먹었다. 아무런 배려 없이 벌컥 열려버리는 문을 가진 방은 안식처가 되어주지 못했다. 그 안에 담긴 나는 아무런 갈피도 잡지 못하고 무력감과 뜻 모를 패배감에만 젖어 있었다. 그러한 심리는 고스란히 방으로 옮겨와 점점 더 어지러워지고 발 디딜 틈 없이 지저분해지기만 했다.

그러다 결국 뛰쳐나온 것이다. 자유를 찾아. 뭐 엄청 대단한 세계가 펼쳐진 것은 아니었지만 취향의 자유를 맛보게 된 후 다시는 본가로 돌아가지 않겠다고 다짐했다. 누구도 트집 잡거나 흉보지 않는 나의 공간과 생활. 부모님의 참견 없이 좋아하는 것들을 맘대로 할 수 있게 되니 비로소 내가 내 맘에 들었다. 대단한 사람은 못될지라도 스스로에 대한 의구심을 자극받지 않는 것만으로도 삶은 그 어떤 때보다도 만족스러웠다.

청소를 하면서 콧노래를 부르고, LP판을 모으고, 동네 가게 사장님과 반갑게 눈인사를 나누는 일. 후추와 마늘을 팍팍 넣어서 요리하고 원하는 때에 먹는 일. 누구의 강요도 아닌 스스로의 의지로 이루어지는 일들. 이렇게 사소하지만 '나는 이런 걸 좋아하는 사람이야'라고 말할 수 있게 해주는 것들을 하나 둘 찾아가며 비로소 내가 나다워지는 기분이다. 취향과 자유만큼 소중한 것은 없다.

여기에 야가 어딨어요?

"딸기 라떼 들어왔어요."

바리스타가 주방을 향해 툭 던졌다. 생딸기가 들어가는 메뉴이기에 누군가는 딸기를 썰어야 했다. 그때 주방에 있던 사람은 나와 사장님 두 사람. 나는 무언가 일을 하고 있었기에 그것이 내 업무라는 것을 인지하지 못하고 사장님이 하시겠지, 그렇게 생각하고 있었다. 누구도 대답하지 않고, 딸기를 꺼내오지도 않았다. 그러자 바리스타가 퉁명스럽게 재차 말했다.

“제 말이 안 들리시나요?”

사장님에게 하는 소리인 줄 알고 그 친구의 당돌함에 꺄르르 웃었는데, 돌아보니 나에게 하는 소리였다. 아차하며 딸기를 썰어서 건네주었다. 그 날 근무시간 내내, 그리고 퇴근하고서도 며칠간 머릿속에서는 ‘제 말이 안 들리시나요?’하는, 날이 선 말이 계속 맴돌았다.

처음에는 기분이 상했지만, 곱씹을수록 밉지가 않았다. 바리스타는 나이로 치면 나보다 5살 아래였다. 나였다면 나보다 5살 많은 직장 동료에게 그런 화법을 구사하지 못했을 것이다. 그냥 한숨 쉬면서 내가 직접 딸기를 썰거나, ‘언니, 저기, 딸기 좀…….’ 하면서 멋쩍게 웃었을 것이다. 하지만 그 친구는 당당하게 말했다. 제 말이 안 들리시나요?

그 말 속에는, ‘네가 할 일인데 왜 안하니? 사람 말 무시하니? 이런 주문 들어오면 재깍재깍 대답을 해야 의사소통이 되지 않니?’ 등의 의미가 담겨 있었다.

그 모습에서 내가 본받고 싶었던, 당돌한 또 다른 동생 민이 떠올랐다. 민은 첫 아르바이트를 하던 곳에서 주방 보조 업무를 했다. 그곳의 셰프는 성격이 꽤 까칠해서 아르바이트 하는 사람에게는 이름조차 불러주지 않았다고 한다. 어느 날 민이 다른 아르바이트생인 친구와 함께 서로 설거지를 하겠다고 실랑이 아닌 실랑이를 했는데, 그것을 업무 중에 떠들면서 농땡이 피우는 것으로 착각한 셰프가 잔뜩 화가 나서는 소리쳤다고 한다.

"야! 너네 둘 이리 와."

그러자 민의 친구는 고무장갑을 벗고 얼른 셰프에게 가려고 채비를 했는데, 민이 제지했다.

"가지 마."

친구는 영문을 모르겠단 표정으로 민을 바라봤고, 셰프는 미동 않는 두 사람의 모습에 더 화가 났다.

"야! 니네 내 말 안 들려? 일로 오라고!"

안절부절 못하는 친구와 차가운 눈으로 셰프를 노려보는 민. 씩씩거리는 셰프.

"야!"

그때 민은 고무장갑을 내던지면서 이렇게 소리쳤다고 한다.
"여기에 야가 어디 있어요!"

셰프가 그 모습에 어안이 벙벙한 사이 민은 계속 쏘아붙였다.

"제 이름은 민이고요, 얘 이름은 진이에요. 제 이름은 야가 아니고요, 민이라고요."

흥미진진한 이 이야기의 끝에 결국 셰프가 야야 거린 것에 대해서 사과했고, 후에 오히려 더 친해졌다고 한다. 이야기를 듣고 감탄하면서 박수를 쳤다. 민이 너무 멋있어 보였다. 나라면 그 상황에서 그렇게 이야기 할 수 있었을까? '제 말이 안 들리시나요?', '여기에 야가 어디 있어요?' 라고 나는 말할 수 있었을까.

같이 일하는 사이라면, 상사든 동료든 후임이든 그들이 해야 할 업무, 그리고 지켜줘야 할 부분에 대해서 이성적이면서도 당당하게 요구하고, 문제가 있다면 고쳐달라고 이야기해야 내가 힘들지 않다. 이 사람 저 사람 비위 맞춰주면서 헤헤 웃어봐야 내 입지만 우스워질 뿐이다. 그러나 나를 비롯한 많은 사람들이 그 '당당한 요구'를 하지 못한다. 친구들끼리 모여서 직장에서 있었던 일을 토로하면 서로, "야, 때려치워!", "그걸 그냥 듣고만 있었어? 바로 쏘아 붙였어야지!", "미친 거 아니야? 회사 신문고 같은 거 없냐? 내부고발 해!" 그렇게 열을 내지만 결국 누구도 자기의 소리를 내지 못한다.

집단의 규칙과 윗사람의 말에 순종적인 태도만 취해온 우리들이 그렇게 말할 수 있는 날이 올까. 결국엔 다 연습일 테지. 저항하는 근육을 기르는 연습. 짖는 연습. 적당한 선까지 뻔뻔해지는 연습. 스스로의 편을 드는 연습. 억울함을 참지 않는 연습. 그러다 보면 전보다는 조금 더 당당한 사람이 되어 있지 않을까. 다음에 누군가 나에게 삿대질을 하며 야야 운운하는 순간이 온다면 나도 외쳐볼 테다.

여기에 야가 어디 있어요?

붓

어제 저녁에 당신이 그랬잖아, 우린 아직 안 친해서 그렇다고. 괜히 발끈해서 무어라 받아치고 싶었는데 생각해보니까 당신 말이 맞더라고. 우린 서로의 삶에 등장한 지 얼마 되지도 않았으니까. 친한 건 아니지. 몸이 가까워지는 건 생각보다 쉬운데 마음이 가까워지는 건 맘처럼 쉽지가 않아. 함께하기로 했는데 아직 서로에게 별다른 의미를 남기진 못했거든. 아직 당신보다는 10년지기 이성 친구가 더 의지되고, 지난 애인들과 함께 한 시간이 더 길고 의미 있지. 그건 당신도 똑같을 거고.

그럼에도 당신에게 함께하자고 한 건. 당신에게 붓을 쥐어주겠다는 거야. 내게 의미를 남길 붓을, 당신이 휘둘러도 좋다는 거야. 하얀 도화지 같은 마음으로 당신의 앞에 서겠다는 거야. 당신이라면 나에게 의미를 남겨도 좋겠다는 그런 마음인 거야.

응. 그런 마음인 거야.

다정

우리 오늘 좀 천천히 걸었지.
오래 보고 싶어서 그랬나.
난 그랬어.

우리 볼 수 있을 때 보자.

잘 갔니, 아가.
보고 싶다. 잘 자고.

등

있지, 너랑 얘기를 하다보면 나보다 훨씬 오래 산 사람이랑 말하는 것 같은 기분이 들어. 너랑 나랑 고작 몇 달 차이로 세상에 났는데 말이야. 우리 계속 그런 얘기를 했지, 사람들은 저마다 다른 시간을 산다고. 너의 시간은 나보다 더 촘촘했나봐. 나는 조금 얼기설기 엉성한 시간을 징검다리 건너듯 허둥거리며 살아온 걸까.

침대에 모로 누워 내가 아닌 무언가를 보고 있는 너를 보고 있으면, 나 말고도 세상에 흥미로운 게 너무 많은 네가, 나를 먼지처럼 툭툭 털어버리고 어디론가 떠나갈까 봐 걱정이 돼. 참 걱정도, 생각도 많아. 그치?

우리, 서로를 빈틈없이 껴안고 오래 온기를 느꼈으면 좋겠어. 언제 잠들었는지도 모를 밤이 지나고 눈을 떴을 때 손닿는 곳에 서로가 있어서 행복하다고 느꼈으면 좋겠어. 뻔뻔하게 다음주, 다음달, 오 년 뒤에 어딜 같이 가자고 이야기하고 싶어. 답답하리만치 말도 느리고 말 수도 적은 나지만 너에게만큼은 마음에 떠오르는 감정들을 알려주고 싶어. 네가 내 감정을 모르고 지나가는 걸 원치 않아. 너무 많이 표현해버려서 네가 나를 밀어내면 어쩌지, 그런 걱정도 들지만 그런다고 떠나갈 인연이라면 표현하지 않아도 떠나갈 테니까. 떠나간 뒤에 네게 해주지 못한 입맞춤이, 주인 잃은 간지러운 말들이 못내 나를 괴롭게 할 것 같거든.

너와 나 사이에 얼마만큼의 시간이 쌓일까. 네가 다른 이의 손을 잡고 지나온 시간을 앞지를 수 있을까? 그 숫자 앞에선 우리의 시간이 무색해. 겨우 한 손만 가지고도 다 셀 수 있는데. 겨우 한 손인데. 겨우.

가끔은 네가 너무 어른같이 느껴져서, 너무 커다랗게, 너무 멀리 있는 사람처럼 느껴져서 아득할 때가 있어. 이렇게 네 등에 손을 대고 있는데도 너무 먼 느낌이야. 내가 이런 말을 하면 너는 분명 다시 내 쪽으로 돌아누워서 꼭 안아줄 걸 알아. 그런데 가끔 네가 그대로 뒤돌아 있으면, 나는 정말이지 공허해져. 내 공허를 먹고 괜한 마음이 자라나지 않았으면 좋겠는데.

너는 등을 내어주는 걸 좋아하는 사람이잖아. 등을 돌린다는 건 자주 또 가끔 섬뜩한 일인데 너는 그게 아니니까. 가만히 손을 얹고 등 너머에 있는 너의 마음을 헤아려보곤 해. 그러다 결국은, 아, 모르겠다. 하면서 그냥 끌어안고 말지. 너무 많은 생각은 결국 독이 되더라니까. 그냥 지금 우리가 좋아. 이렇게 같이 있는 시간이 좋아. 얼마나 오래 너의 등에 내 몸을 포갤 수 있을진 몰라도, 이렇게 오래오래 있을래.

와르르

진동이 울리면 괜히 가슴이 두근거리던 때,
짓궂은 말로 서로를 난처하게 만들던 때,
아직 존댓말로 조심스럽게 말을 건네는 사이였을 때.

말도 없이 스르르 감겨온 네 손에 내 안 어딘가가 와르르 무너졌을 때.

나중에

나중에, 나중에, 하다가 내가 좋아하는 그 고전 영화를 틀어주는 곳을 찾아볼 수 없게 된 것처럼, 너는 나중에, 나중에 하다가 남보다 못한 사람으로 돌아갔다.

지나가는 마음

당신을 좋아하는 마음
있어도
의미 없는 마음

결국엔 노력

종종 머리가 굳어버린 것 같은 느낌이 들 때가 있다. 무슨 표현을 하려고 머릿속 사전을 열심히 뒤적거리는데 텅텅 비어버린 백지만 펄럭이는 기분. '어-' 하는 다소 멍청해 보이는 소리와 함께 뜸을 들여 보지만 소용이 없다. 결국 맘에 드는 표현을 찾지 못하고 일을 처리하다 만 찜찜한 기분으로 발언을 마친다.

계속 쓰지 않으면 능력은 퇴화한다. 신체든, 정신이든. 가끔은 내가 옛날에 썼던 글을 보고 '이걸 내가 썼다고?' 하면서 감탄

할 때가 있다(여러분도 전에 쓴 일기장을 뒤적여 보면 지금의 나와는 거리감이 느껴지는, 사색에 잠긴 시인을 발견할 수도 있을 것이다). 분명히 나긴 난데, 내가 아니다. '과거의 나'와 '현재의 나'는 꽤 다른 사람일 수도 있겠다는 생각이 든다.

글을 잘 쓰던, 몸매가 탄탄하던, 머리가 꽤 좋던 '나'는 '과거의 나'다. 그는 그만큼 노력을 했을 것이고 어쩌면 노력이라고 생각할 겨를도 없이 즐겁게 그 일에 몰두하고 있었을지도 모른다. 하지만 그런 열정을 잃어버린 지금, 과거의 내가 이룩해놓은 업적을 '현재의 나'의 것으로 착각하는 순간 사람은 구차해진다. 아무리 옛날에 돈을 잘 벌었든, 공부를 잘했든, 몸매가 좋았든 인기가 좋았든 간에 '지금' 그렇지 않다면 결국 그렇지 않은 사람들과 다를 바가 없지 않은가. 우물 안 개구리가 되지 않으려면 '옛 영광'에 심취하는 것을 최대한 경계해야 한다.

사전이 빽빽하도록 할 말이 가득했던 시절도 있었지만 많은 낱말들을 잃어버린 지금, 다시 그 빈칸들을 채우려면 많은 노력이 필요할 것이다. 희미해져버린 근육들에 다시 자극을 주기 위해 몸을 움직이듯 다시 단어를 뱉어본다. 무수한 단어들이 능숙하게 쏟아져 나오게끔.

결국엔, 노력이다.

나의 윌슨, 아보카도.

카페 사장님한테서 얻어온 아보카도가 벌써 팔뚝만큼은 자랐다. 일전에 시장에서 사온 아보카도를 맛있게 먹고 그 씨앗을 물에 담가놨다가 1주일이 다 되도록 아무런 기미가 없어서 버렸는데, 그 이야기를 들은 사장님이 15일은 물에 담가놔야 싹이 튼다며 주신 녀석이었다.

정확히는 15일보다 며칠 더 걸려서 씨앗이 벌어지고 싹이 올라왔다. 아무데나 적당히 뿌려놓고 잘 적셔주면 금방 자라나는 귀리나 무순 같은 것에 비하면 과연 이 씨앗이 발아의 가능성을 품고 있기나 한 것인지 의심하게 만드는 긴 침묵의 시간이 필요했지만 결국 녀석은 싹을 틔워냈고, 여태껏 길러본 그 어떤 식물보다도 큰 키를 자랑하게 되었다.

집에 놀러 왔다가 화분을 본 사람들은 '레옹이냐', '왜 키우는 거냐' 등의 반응이었다. 아보카도가 열매를 맺을 수 있는 성체로 자라나기까지는 약 4년 정도의 시간이 걸린다고 한다. 또한 나무마다 암수가 달라서 번식을 시키려면 적어도 두 그루 이상을 키워야 한다. 주 서식지인 멕시코와 우리나라의 기후도 많이 다르고. 그러니 사실상 이 아보카도를 키워서 먹는 건 불가능에 가깝다. 그러면 도대체 왜 키우냐고? 그냥, 식물을 키우고 싶었다. 물 주고 볕 좋은 곳에 두면 저 스스로 자라나는 초록의 생명체를. 기르다 보면 그 녀석의 근처에는 도대체 어디서 왔을지 모를 좁쌀만한 벌레들이 두엇쯤 모여들 것이다. 그것이 나무를 상하게 하는 진딧물이라면 나는 잎을 닦으며 속상해 할 것이다. 그런 경험을 하고 싶었다. 씨앗 하나를 심음으로써 일어나는 그 시시콜콜한 일들을, 겪고 싶었다.

가족과 떨어져 (거의)혼자서 살아보니 처음 강렬하게 든 생각은 '외롭다'는 것이었다. 학교의 보호 아래에서 친구들과 북적거리며 지냈던 기숙사 생활과는 달리 다 큰 성인들이 함께 사는 셰어 하우스는 개인주의 성향이 강했다. 누구는 아침 8시에 눈을 뜨는 반면 누구는 그 시간에 이불을 폈으며 둘이 같이 밥을 먹으려고 기다리면 한 명은 밥을 먹고 들어오기 일쑤였다. 물론 우리나라가 출전하는 스포츠 경기가 있는 날에는 다 같이 TV를 보며 치킨을 뜯기도 했지만 딱히 부대끼면서 지내는 사이도 아닌데 동거인들이 집을 비우고 온전히 혼자 남게 되면 그렇게 외로웠다. 벽 너머 방에 앉아있는 누군가의 존재가, 냉장고 문을 여는 소리가, 집안 식구 수에 맞춰서 채워져 있는 아이스크림이 알게 모르게 은근한 마음의 위안이 되었나 보다.

이러한 거주의 형태가 언제까지고 지속되지 않으리라는 것을, 결국엔 홀로 살아갈 힘을 길러야 한다는 것을 텅 빈 집에서 차분히 깨달으며 문득 식물을 키우고 싶어졌던 것이다. 조금이나마 의지하면서 살아갈 또 다른 생명을. 그 참에 내 손에는 아보카도가 들려있었다.

톰 행크스가 주연을 맡은 영화 <캐스트 어웨이>에서 '윌슨'은 단연 중요한 상징으로 등장한다. 무인도로 떠밀려온 배구공에 불과했던 윌슨. 주인공은 이 윌슨에게 사람의 얼굴을 그려주고 말을 걸어가며 외로움을 달랬다. 인간은 상호작용할 대상이 없으면 만들어내기라도 해서 말을 걸고 정을 붙인다. 혼자 살아가는 내게는 고양이 망치와 여러 식물들이 윌슨이 되어줄 것이다. 동물이든 식물이든 무언가를 정성스레 돌보고 키우는 이의 마음이 내게도 조각조각 자라나나 보다.

생채기

지난 사랑이 남기고 간 상처가 점점 벌어져서 모든 걸 집어 삼킨 것만 같은 사람이 있었지. 내가 있어도, 심지어는 그녀가 돌아온대도 공허함이 채워지지 않을 것만 같은 그런 사람. 그를 만나면서 사랑한다는 게 무엇인지 많이 생각했지. 사랑이 뭘까. 사람도 사랑도 믿지 않는 사람을 사랑하는 것은 많이도 쓸쓸한 일이더라. 그런 그와 오래도록 함께하려면 내가 어떻게 해야 했을까? 나는 예수나 부처 같은 성자는 못되어서 응답 없는 사랑에 무조건적인 사랑을 베풀 수는 없었어. 나도 사랑받고 싶었거든.

사랑에 상처 입은 사람을 끌어안는 것은 그 상처를 고스란히 내게 가져오는 것과 다를 바가 없었어. 전염병처럼 느껴졌지. 더 이상 설레지도 않고 새로울 것도 없다는 듯 세상과 사랑에 대해 회의적인 그 태도가 말야. 어차피 끝에는 헤어짐이 있을 거란 생각은 모든 것을 주저하게 만들었지. 사랑이라 이름 붙이는 것도 망설였어. 마음껏 사랑할 수가 없었어. 찜찜한 다른 마음이 한 꺼풀 껴있는 느낌. 그걸 걷어내고 말간 얼굴로 서로를 마주하는 건 영영 불가능한 일이었을까.

나 스스로를 깎아먹게 만들던 사람을 왜 쉽게 떠나지 못했을까. 술이나 마약이 자신을 망치는 줄 알면서도 더 빠져드는 것과 같은 심정이었던 것 같기도 해. 이렇게 하면 나를 봐주겠지, 하면서 발버둥 쳐봐도 상대가 먼저 손을 내밀어주는 일은 없고 나만 비참해질 뿐이더라.

결국 이게 사랑인건지 뭔지 알 수 없어서 너덜너덜해진 심정으로 엉엉 울면서 그 관계를 끝냈을 때, 그가 말했던 지난 사랑의 상처는 내 가슴 한가운데에 떡하니 자리 잡고 있더라. 이 생채기를 안고 어떻게 다시 순수하게 사랑을 할 수 있겠어. 어떻게 모든 것을 조건 없이 내어줄 수 있겠어. 그가 그랬듯 나도 전으로 돌아갈 수가 없어. 그러니 상대의 상처가 너무 크게 느껴진다면 서둘러 도망가도록 해. 네가 그 상처를 모두 끌어안고 치유해줄 수 있다고 자신하지 마. 회복은커녕 너도 같은 상처에 허덕이게 될지도 몰라.

나는 네가 행복했으면 좋겠어. 정말로.

너의 일기장 2

너의 일기장에
나도 몇 장쯤 지분을 차지할 수 있을까.
미안함보다는 그 반대의 말들로 기억되고 싶은데.
네가 아주아주 사랑했지만 매몰차게 떠나버린 사람.
돌아와 달라고 처절하게 빌고 싶은 사람.

하지만 네 일기의 주인은 좀처럼 바뀔 생각이 없어 보인다.

시련

네가 그 시련을 넘을 때까지 기다릴게. 곁에 있을게.
하지만 그 후에도 네가 변하지 않는다면
그게 나의 시련이 될 것 같아.

나무

당신이 재단하고 깎아 만든 나무 위에서 글을 씁니다.

언제까지고 그러고 싶어요.

시시하고도 구체적인 위로

책으로 엮을 글들을 모아놓고 보니 대부분이 생활에 대한 걱정, 사랑에 대한 걱정 혹은 어떠한 해결되기 어려운 감정을 앓는 내용이었다. 너무나도 개인적이면서도 시시하고 쓸데없이 구체적이라서 과연 이 글들을 책으로 공표하는 것이 맞을까 걱정이 됐다. 하지만 '가장 개인적인 것이 가장 창의적인 것'이라 하지 않았던가. 더군다나 겪어보지 않은 일에 대해서 혹은 진실로 사색해보지 않는 것들에 대해서 이야기하는 것은 더더욱 내키지가 않았다.

나는 대중적이고 보편적인 이야기를 하는 노래보다도 시시콜콜하면서도 개인사를 노래한 듯한 곡들에 더 진한 위로를 받곤 한다. 그러니 아주 시시하고도 구체적인 나의 이 고민들 역시 누군가에게는 '무대에서 봤던 저 사람, 저런 고민을 하면서 살아가는 구나.' 하는 호기심에의 충족을, 누군가에게는 같은 고민을 하고있는 사람이 있다는 위안을 주기를 바란다.

이 시시하고도 구체적인 고민들이, 시시하고도 구체적인 위로가 되기를.

가만히 생각해봤는데 말이야

초판 1쇄 발행 2020년 12월 23일

지은이 유지수
펴낸이 박근호 오휘명
책임편집 오휘명
마케팅 박근호, 지민석, 이인환
조판 정나영
디자인 정나영 (@warmbooks_)
펴낸곳 도서출판 히읏
출판등록 2020년 4월 28일 제 2020-000109호
주소 03961 서울특별시 마포구 월드컵로 31길 29 2층
전자우편 heeeutbooks@naver.com

ISBN 979-11-970875-1-6 (03810)